이솝우화의 맛있는 지혜로

생각에 간식 주기

정성호

전문 번역가. 최초로 번역문학가란 이름으로 매스컴에 기사화
되었다. 가톨릭대학교 신학부 철학과를 졸업했으며, 번역서로
『그리스 로마 신화』, 『정신분석 입문』, 『인간의 역사』, 『재미있는
동물이야기』, 『역사의 연구』, 『아들에게 보내는 아버지 편지』,
『생의 한가운데』, 『철학이야기』, 『풀어쓴 성서』, 『러브 스토리』
등 다수의 책이 있다.

이솝우화의 맛있는 지혜로

생각에 간식주기

초판 1쇄 인쇄 | 2011. 8. 10
초판 1쇄 발행 | 2011. 8. 15

지은이 | 이솝
옮긴이 | 정성호
펴낸이 | 이종천
펴낸곳 | 오늘

등록 | 1980년 5월 8일(제 10-104호)
주소 | 서울특별시 마포구 마포동 35-1 현대빌딩 1203호
전화 | 02-719-2811   팩스|02-712-7392
이메일 | oneull@hanmail.net
홈페이지 | www.oneull.co.kr

ISBN 978-89-355-0460-2 03800

· 책값은 뒤표지에 있습니다.
· 잘못 만들어진 책은 구입하신 서점에서 바꾸어 드립니다.

이솝우화의 맛있는 지혜로

생각에 간식주기

이솝 지음 · 정성호 옮김

오늘

　이 책 『생각에 간식주기』는 이솝우화를 재편집한 것이다. 원래 이솝
우화는 우리에게 지혜와 처세의 방법, 그리고 삶에 여유를 갖게 하는
책임에도 불구하고 동화로 알려져 읽혀 왔다. '오늘'에서는 1991년에
이 책을 출간하여 초판 7쇄를 마지막으로 절판했다가 우리에게 지혜
를 주는 고전 중의 고전은 역시 이솝우화라는 생각이 들어 재출간을
하게 되었다.

　어릴 때부터 동화로, 또는 이런저런 경로로 쉽게 접하다 보니 많은
사람들이 이솝우화를 잘 알고 있다고 생각한다. 당연히 그렇게 생각할
수도 있다. 그러나 이는 너무 이솝우화를 단순히 재미있는 이야기나
피상적으로만 머릿속에 간직하고 있기 때문이다. 그리고 이솝우화의
방대한 내용 중에 극히 일부분만 알고 있기 때문이기도 하다. 그런 면
에서 이 책을 읽다 보면 우화가 내포하고 있는 상징과 교훈이 실로 엄
청나게 크다는 것을 알 수 있게 된다.

　우화의 기원이 정확하게 알려진 바 없이 불분명한 것은 사실이지
만, 기원전 7~8세기 그리스에서부터 시작되었다는 것이 정설이다.

그 후 우화는 이솝의 출현으로 양과 질적인 면에서 비약적인 발전을 보게 된다.

기원전 5세기 후반에 살았던 이솝은 우화작가의 대명사처럼 굳어지게 되었고, 당시 세상에 선을 보였던 우화는 이솝의 창작물이든, 구전되어온 우화이든 이솝의 이름으로 세상에 전해지게 되었다.

그럼 우화의 아버지 이솝은 어떤 인물인가? 이솝에 대해서도 우화의 기원과 마찬가지로 정확하게 알려진 것은 없다. 다만 기원전 5세기에 그리스에 살았던 우화작가라는 정도만 알려져 있을 뿐이다.

이솝이 사모스 시민의 노예라는 설, 실제 인물이 아닌 가공의 인물이라는 설 등 의견이 분분하지만 그 어느 것도 구체적인 증거를 가지고 있지 않다. 다만 기원전 5세기 후반에 헤로도토스가 저술한 『역사』에서 이솝에 대한 언급이 나온 것이 이솝의 실존을 확인하는 유일한 근거이다.

이솝우화집은 기원전 3세기경부터 편찬되기 시작했는데 그 작자와 제작연대가 불분명한 것이 대다수였다. 그 중 프랑스의 석학 에밀 샹

브리가 묶은 총 358편의 『이솝우화집』이 대표적이라 할 수 있다. 이 책은 바로 그 에밀 샹브리의 이솝우화집 중에서 오래 기억해둘 만한 우화들을 골라 엮었는데 70퍼센트 이상의 이야기가 동물을 다루고 있다. 그래서 우리의 인식에는 우화라고 하면 동물을 의인화한 것이라는 생각을 하게 마련이었다. 그러나 실제로 이솝우화에는 동물 외에도 강, 태양, 바람, 신, 인간 등을 다루기도 한다. 우화가 단순히 동물을 의인화한 작품이 아니라는 것이다.

이 우화는 철학자들의 이상이나 사상과는 상당한 거리를 갖고 있다. 우화가 시사하고자 하는 것은 도덕적 교훈이 아니라 세속적인 지혜와 선택의 방법이다. 이러한 점 때문에 많은 유명 인사들이 이 우화를 읽고 삶을 현명하고 지혜롭게 사는 방법을 배웠다고 하고, 또 배우고 있다고도 한다.

특히 미국 16대 대통령인 링컨은 성경과 천로역정, 그리고 이솝우화를 손에서 놓지 않았다고 한다. 이 말은 곧 링컨의 삶을 이끌어온 지혜의 원천들이 이들 책으로부터 온 것이라는 말과 같다.

동양의 제가백가나 유대인의 탈무드는 등장하는 인물들이 직접적으로 지혜를 가르쳐주는 데 반해 이솝의 우화는 동물들을 의인화해서 지혜를 가르쳐준다는 점에서 상상력을 더욱 증폭시켜준다고 할 수 있다. 따라서 이솝우화는 남녀노소는 물론, 시간과 장소를 가리지 않고 편하게 읽히는 명작이라 할 수 있다.

차례

지혜로 집을 지어라.
흔들리지 않을 것이다.
지혜로 이불을 삼아라.
춥지 않을 것이다.
지혜로 길을 걸어라.
방황하지 않을 것이다.
지혜로 호흡하라.
인생이 즐거워질 것이다.

임금님을 보내주세요

옛날, 숲 속 어느 아름다운 연못에 개구리들이 살고 있었다.

개구리들은 자유롭게 놀고먹으며 편안히 지냈다. 그러다가 한 개구리가 이렇게 말했다.

"온 세상의 모든 동물들에게는 전부 훌륭한 임금님이 계셔서 다스려주고 있는데 우리에게만 임금님이 안 계셔서 우리는 너무 게으르고 제멋대로 살고 있어. 만약 임금님이 계셔서 우리를 다스려준다면 정말 멋지고 행복하게 살 수 있을 텐데……"

그 말을 들은 개구리들은 급히 회의를 열고 가장 점잖고 나이 많은 개구리를 대표로 뽑아서 하느님인 제우스에게 보냈다.

제우스는 개구리 사신에게서 임금님을 보내달라는 이야기를 듣고는 그들의 어리석음을 비웃었다. 왜냐하면 제우스는 개구리들이 지금처럼 임금님 없이 사는 것이 훨씬 행복하고 좋다는 것을 알고 있었기 때문이었다.

하지만 개구리들이 하도 졸라대자 제우스는 할 수 없이, "그럼 이것을 갖고 가서 임금으로 섬겨보아라." 하고 굵은 나무토막 한 개를 연못에다 던져주었다.

나무토막이 철썩 하고 요란한 소리를 내면서 연못에 떨어지자, 개구리들은 그만 너무 놀라 물속 깊이 숨어버렸다.

시간이 흐른 뒤, 물속에 숨어 있던 개구리 가운데 가장 젊고 용감한 개구리 한 마리가 임금님이 어떻게 생겼는지 보고 싶어서 머리를 물 위로 조용히 내밀었다.

다른 개구리들도 이 젊은 개구리를 따라 모두 숨었던 곳에서 나와, 몸을 벌벌 떨면서 이 위대한 임금님을 쳐다보았다.

그런데 가만히 보니, 임금님은 움직이지 않는 나무토막이었다. 그래도 개구리들은 그 둘레를 헤엄쳐 돌아다니다가 마침내 하나둘씩 자기들의 임금님인 나무토막 위에 올라탔다.

"이건 임금님이 아니라 나무토막일 뿐이야."

한 영리한 개구리가 이렇게 말하자, 개구리들은 저마다 한 마디씩 와글와글 떠들어대기 시작했다. 그래서 개구리들은 다시 한 번 전체 회의를 열고 사신을 뽑아 제우스에게 보냈다. 이번에는 힘이 세고 멋진 임금님을 보내달라고 간청했다.

제우스는 이렇게 어리석은 개구리들이 또 찾아와 귀찮게 졸라대는 것이 싫어서 이번에는 황새를 보내주었다.

개구리들은 황새가 의젓한 몸가짐으로 연못으로 걸어오는 것을 보고 굉장히 만족해하며 모두들 만세를 불렀다.

"아, 얼마나 늠름하고 의젓한 임금님인가. 우리 모두 임금님을 맞으러 가자!" 하고 말하며 모두들 기쁨에 겨워 마중을 나갔다.

그러나 새로 온 임금님은 마중 나온 개구리들을 보자, 곧 걸음을 멈추더니 기다란 목을 늘어뜨리고 개구리들을 냉큼냉큼 삼켜버렸다.

"아니, 이게 도대체 어찌 된 일이야!" 하며 개구리들은 놀라서 부르짖었다. 그런데도 황새 임금님은 들은 척도 하지 않고 재빠르게 개구리들을 잡아 삼켰다.

이때, 사신으로 갔던 늙은 개구리는 "아, 그때 우리가 임금님을 보내달라고 하지 않고 그대로 지냈더라면……." 하고 말하고 나서 "이런 일 없이 자유롭고 평화롭게 지낼 수 있었을 텐데."라고 덧붙이려 했으나 말을 채 끝맺기도 전에 잡아먹히고 말았다.

개구리들은 엉엉 울면서 제우스에게 살려달라고 매달렸지만, 제우스는 들은 체도 하지 않았다.

임금님이 된 황새는 매일 아침, 점심, 저녁밥으로 개구리들을 잡아먹었다. 그래서 그 후 얼마 못 가, 그 숲 속 아름다운 연못에는 개구리가 한 마리도 남지 않게 되었다.

눈먼 마나님과 의사

어느 마을에 부자 마나님이 혼자 살고 있었다.

하루는 뜻밖에도 눈이 아프고 벌겋게 붓기 시작하더니 며칠 지나지 않아 눈이 멀어버리고 말았다.

마나님은 곧 그 근처에서 가장 이름난 의사에게 치료를 부탁했다. 그리고 만약 자기 눈을 전처럼 보이게 고치면 많은 돈을 주겠지만 치료를 해도 낫지 않는다면 치료비를 한 푼도 주지 않겠다고 말했다.

의사는 날마다 이 마나님의 눈을 치료하러 와서는 아무 약이나 발라주고는, 돌아갈 때 값진 물건을 하나씩 훔쳐가곤 했다. 그리고 마나님이 가지고 있던 물건들을 다 훔쳐가고 나서야 슬그머니 눈을 고쳐주었다. 그러고는 약속한 대로 치료비를 달라고 요구했다. 그러나 마나님은 값진 물건들이 모두 없어진 것을 보고는 돈을 한 푼도 주지 않았다.

돈을 받지 못한 의사는 재판을 걸었고, 마나님은 법원에 불려 나가게 되었다. 판사 앞에 서게 된 마나님은 판사를 똑바로 바라보며 이렇게 말했다.

"내 눈을 치료할 때 의사와 약속하기를, 만일 예전처럼 볼 수 있게 해주면 값을 내겠지만, 그렇지 않다면 한 푼도 주지 않겠다고 했습니다. 그런데 지금 의사가 내 눈을 고쳐 놓았다고 주장하지만 보이지 않는 것은 예전과 조금도 다름이 없습니다. 왜냐하면 눈이 좋을 때 보이던 값진 물건들이 지금은 하나도 보이지 않으니 말입니다."

이 말을 들은 판사는 곧 마나님에게 무죄 판결을 내렸다.

아첨도 한 가지 방법

까마귀 한 마리가 날아가다가 어느 시골 농가에서 먹다 남긴 치즈 한 조각을 훔쳤다. 그러고는 그것을 혼자만 몰래 먹기 위해 마을 뒷산에 서 있는 커다란 참나무 위로 날아갔다.

이때 마침 나무 밑을 지나가던 여우 한 마리가 그 모습을 보게 되었다.

'그것 참 먹음직스러운 치즈로군. 냄새만 맡아보아도 침이 넘어가는데? 어떻게 해서든지 빼앗아 먹어야지. 아직 점심도 못 먹어서 배가 고프던 참인데 잘됐군.'

이런 생각을 하며 여우는 침을 꼴깍 삼켰다. 그러고는 참나무 밑으로 바짝 다가가서 나무 꼭대기에 앉아 있는 까마귀를 올려다보며 말을 붙였다.

"까마귀 아가씨, 이제 보니 당신은 너무나 아름답군요. 저는 지금까지 당신이 그렇게 아름다우리라고는 생각도 못했어요. 눈매는 아름답게 빛나고, 화려한 검은 깃털은 비단처럼 부드러워 보이네요. 아가씨는 목소리도 역시 곱겠지요? 만약 그렇다면 당신은 새들의 여왕으로 불려도 손색이 없을 거예요. 부탁하건대 그 고운 목청으로 노래 한 곡만 불러주시겠어요?"

이렇게 여우는 까마귀에게 온갖 칭찬을 해댔다. 하지만 사실 까마귀 떼의 '깍깍' 하는 소리처럼 듣기 싫고 기분 나쁜 소리가 어디 있는가. 그러나 여우는 치즈를 먹을 생각으로 입에 침이 마르도록 아첨을 떨었다. 그 바람에 까마귀는 너무 기분이 좋아서 노래를 부르기 시작했다.

"깍깍, 까르르……."

그 순간 입에 물고 있던 치즈 조각이 그만 여우가 있는 곳으로 떨어지고 말았다. 바로 이것이 여우가 바라던 것이었다.

여우는 그 치즈 조각을 한 입에 꿀꺽 삼켜버리고는 두 발을 들고 일어서서 까마귀를 향해 소리쳤다.

"까마귀 아가씨, 감사합니다. 확실히 아가씨의 목소리는 굉장히 곱고 아름답군요. 하지만 지혜가 좀 모자라네요. 누구든 아첨을 할 때는 경계를 해야 실수가 없는 법이거든요."

건방지다는 것

어느 날, 모기가 산속을 한참 헤매고 다니다가 사자를 만나게 되었다.

모기는 건방진 말투로 빈정거리기 시작했다.

"네가 아무리 짐승의 왕이라고 큰소리치지만, 나는 조금도 무섭지 않아. 어디 덤빌 테면 덤벼봐!"

이 말을 들은 사자는 기가 막혔다. 그래서 이 조그마한 모기란 놈을 단번에 없애버리려고 소리를 지르며 앞발을 번쩍 들고 껑충 뛰었다. 하지만 요리조리 피하며 날아다니는 모기를 잡을 수는 없었다.

그러자 모기가 사자의 눈앞으로 바짝 날아와서는, "나를 잡으려고? 어림없는 수작이지. 네 날카로운 발톱과 이빨을 꽤나 자랑하고 싶은 모양인데, 내게는 그까짓 거 아무것도 아니야. 아무리 겁 많고 조그만 동물이라도 싸울 때는 있는 힘을 다해 물고 뜯고 하는 법이야. 이번에는 내가 너를 물어뜯어 놓을 테다!" 하고 외치며 사자를 마구 물어뜯었다. 그 바람에 사자는 견딜 수가 없어서 결국 항복을 하고 말았다.

"그러면 그렇지. 네가 나를 이길 수 있겠어? 이제 짐승의 왕이라고 불리는 사자를 항복시켰으니 나는 왕 중의 왕이 됐어. 어서 온 세상에 이 소식을 알려야겠다."

모기는 몹시 방자해져서 이렇게 말하고는 자기의 자랑스러운 행동을 알리고 싶어서 곧 그곳을 떠났다. 그러나 얼마 못 가, 거미가 나무 사이에 쳐놓은 거미줄에 걸려 그만 꼼짝 못하게 되었다.

때마침 기다리고 있던 거미가 나타나서, "요놈의 모기가 어디서 무얼 이리 배불리 먹고 왔어?"라고 하며 모기를 끌어안고 맛있게 피를 빨아먹었다.

언제 떠나야 좋은가?

종달새 한 마리가 보리밭에 둥지를 틀고 새끼들을 낳아 기르고 있었다.

아기 종달새들은 어미가 물어다 주는 먹이를 맛있게 먹으며 무럭무럭 자라고 있었다. 그러나 아직 너무 어려 둥지 밖으로 날아다니지는 못했다. 마침내 보리가 누렇게 익어 벨 날이 머지않게 되었다. 그래서 어미 종달새는 밖으로 나갈 때마다 아기들에게 주인이 와서 무슨 말을 하고 가는지 잘 들어두라고 일렀다. 왜냐하면 사람들에게 들키는 날이면 잡힐지도 모르기 때문이었다.

그런데 하루는 농부가 아들을 데리고 보리밭에 나타났다.

"아, 보리가 참 알맞게 익었구나. 내일은 이웃 사람들을 모두 불러 모아 보리를 베야겠다."

농부는 그렇게 말하고는 집으로 돌아갔다.

"엄마, 밭주인이 내일 사람들과 함께 보리를 베러 온대요. 어떻게 하죠?"

어미 종달새가 돌아오자, 아기 종달새들이 조잘거리며 말했다.

"괜찮아, 걱정할 것 없다. 아직까진 안전하단다."

어미 종달새가 말했다.

다음날 또다시 농부가 아들을 데리고 밭으로 왔다.

"참 큰일 났구나. 보리는 자꾸만 익어가는데, 이웃들만 믿고 가만히 있다간 안 되겠어. 내일은 친구들을 불러다가 보리를 거둬야겠다."

"엄마, 엄마, 이젠 정말 떠나야 되는 거 아니에요?"

모이를 물고 저녁 때 집으로 돌아온 어미에게 아기들은 낮에 들은 대로 말했다.

"걱정할 것 없다. 적어도 이번 한 번은 괜찮을 거야."

어미 종달새는 아기들을 안심시켰다.

그 다음날이 되었다. 농부는 역시 아들과 함께 와서 매우 걱정스러운 표정을 지으며 이렇게 말했다.

"남을 믿고 시간을 보내다가는 보리를 아주 못 벨지도 모르겠다. 내일은 우리끼리라도 거둬들이자."

"엄마, 엄마. 내일은 주인이 직접 보리를 벨 거래요."

아기들이 어미 종달새에게 말하자, "이젠 정말 떠나야겠구나. 남을 믿지 않고 자기가 직접 일을 시작하려는 걸 보니 틀림없이 내일은 보리를 벨 모양이다. 어서 이사 갈 준비를 하자, 애들아." 하고 어미 종달새가 말했다.

허장성세는 아무나 하나

어느 해질 무렵이었다. 한적하고 조용한 길을 혼자 어슬렁거리며 걷던 이리가 자기 그림자가 길어진 것을 보고는 이렇게 말했다.

"이렇게 키가 커져 백 척이나 되었으니, 제아무리 힘센 사자가 온다 해도 눈 하나 깜짝하지 않겠구나. 흠, 어림도 없지. 난 마땅히 모든 짐 승들의 왕으로 받들어져야 해."

이렇게 우쭐거리고 있는데, 힘센 사자가 난데없이 들이닥쳐 이리를 덮치고 물어뜯기 시작했다.

사자에게 붙잡힌 이리는 그제야 뉘우치며 이렇게 말했다.

"잘난 척하고 우쭐거리면 뜻밖의 불행한 일을 당하게 되는구나."

반드시 돌려받는 법칙

개미 한 마리가 연못 근처를 지나다가, 우연히 못가로 밀려나온 죽은 송사리 한 마리를 발견했다.

"참 먹음직스러운 고기로구나. 저걸 가져가서 저녁상에 올려놓고 식구들과 나눠먹으면 모두들 좋아하겠는걸?"

개미는 이렇게 중얼거리면서 못가로 조심조심 내려갔다. 그러나 송사리가 밀려나온 못가는 몹시 가파른 데다 물결이 출렁이고 있었다. 그래서 개미는 조심해야겠다고 마음을 굳게 먹었지만, 그만 발을 헛디디는 바람에 연못 속으로 휩쓸려 들어가고 말았다.

"아이고, 나 좀 살려주세요!"

개미는 밖으로 빠져 나오려고 허우적거리며 이렇게 소리 지르고 싶었다. 그러나 목소리가 채 나오기도 전에 물만 실컷 먹고는 거의 정신을 잃어가고 있었다.

이때 버드나무 위에 앉아 있던 비둘기 한 마리가 이 불쌍한 개미를 보았다. 비둘기는 얼른 옆에 있는 버들잎을 하나 따서 허우적거리고 있는 개미에게 던져주었다.

그러나 때마침 불어온 바람 때문에, 버들잎은 개미와 정반대 쪽으로 날아가 버렸다.

"쯧쯧. 저런, 어떻게 하나."

비둘기는 혀를 차며 버들잎을 또 하나 급히 따서, 이번에는 개미가 빠져 있는 못가로 날아가서 던져주었다.

"자, 얼른 그 잎을 붙잡고 위로 올라와요!"

비둘기가 소리쳤다.

버들잎을 간신히 붙잡아 타고 연못에서 벗어난 개미는 비둘기에게 진심으로 머리를 숙여 감사의 인사를 했다.

"거의 죽을 뻔했는데 당신 덕분에 살아났군요. 이 은혜는 평생 잊지 않겠습니다."

"이제부턴 그런 위험한 곳에 가지 말아요. 그럼, 잘 가요."

비둘기는 이렇게 인사를 하고 푸드덕 날개를 치며 다시 버드나무 위로 날아올라 갔다.

그러고 나서 며칠이 지났다. 개미는 다시 그 연못가를 지나가고 있었다. 이때 마침 사냥꾼 한 사람이 연못 근처로 사냥을 왔다가 건너편 둑 위에 서 있는 버드나무 위에서 집짓기에 열심인 비둘기 한 마리를 발견했다.

"한 마리도 못 잡고 허탕 치던 참에 잘 걸렸다. 오늘 저녁 술 안줏감으로 딱 맞겠는걸."

사냥꾼은 그렇게 말하며 비둘기를 향해 총을 겨누었다. 이것을 본 개미는 재빨리 사냥꾼에게로 달려가 사냥꾼의 발을 있는 힘을 다해 물어뜯었다.

"앗, 따가워."

그 바람에 사냥꾼은 몸을 움찔했고 겨누고 있던 총알이 빗나가고 말았다. 총소리를 들은 비둘기는 훨훨 날아서 멀리 숲 속으로 사라져버렸다.

눈에 보이지 않는 유산

옛날에 아들 셋을 둔 늙은 농부가 살고 있었다. 그런데 이 아들들은 일하기보다 놀기를 좋아하고 무척이나 게을렀다. 그래서 늙은 농부는 늘 걱정이 태산 같았다.

"내가 죽으면 저 아들 녀석들은 틀림없이 비렁뱅이가 되어 얻어먹게 될 거야."

마침내 늙은 농부가 병이 들어 거의 죽게 되었다. 그러자 그는 마지막으로 아들들을 자기 곁으로 불러놓고 이렇게 말했다.

"애들아, 나는 이제 곧 죽게 될 거야. 그래서 내가 너희들에게 이 말을 들려주려고 한다. 예전에 내가 너희들에게 주려고 밭에다 보물을 잔뜩 묻어두었단다. 그러니 내가 죽거들랑 보물을 캐서 셋이 똑같이 나누어 가지거라."

농부는 그렇게 유언을 남기고 죽었다.

아버지의 장례를 치르고 난 세 아들은 곧바로 밭으로 달려가 보물을 찾기 시작했다. 밭을 한 구석도 남김없이 파고, 갈고 헤쳤다. 그런데 보물은 끝끝내 나타나지 않았다.

몹시 실망한 세 아들은 어차피 파헤쳐 놓은 밭이니 씨앗이나 뿌려 놓자고 했다.

그 해 가을이 되었다. 밭에서는 씨를 뿌려놓은 어느 해보다도 훨씬 많은 곡식이 누렇게 영글어가고 있었다. 그제야 세 아들은 아버지가 자기들에게 남기고 간 보물이 다름 아닌 부지런히 밭을 갈고 농사를 짓는 일이라는 것을 깨달았다.

같지만 다른 신분

어느 시골 농가에 아기 양과 아기 돼지가 한 우리에 살고 있었다.

어느 날, 주인이 들어와서 아기 돼지를 붙잡으려고 했다. 그러자 아기 돼지는 꿀꿀거리며 잡히지 않으려고 도망 다녔다.

아기 양이 그 모양을 보고 이상하다는 듯이 고개를 갸웃거리며 말했다.

"주인이 나를 우리 밖에 가끔 데리고 나가지만, 나는 너처럼 소란스럽게 소리치며 도망 다니지는 않아."

그러자 아기 돼지는 숨이 차서 헐떡거리며 이렇게 말했다.

"그야 너는 털만 깎이면 되지만, 나는 붙잡힌 그날로 주인의 저녁 밥상에 올라가야 되거든."

자고새의 생즉필사生則必死

어느 날, 매 사냥꾼이 쳐놓은 그물에 자고새 한 마리가 걸렸다.

그물에 갇힌 자고새는 사냥꾼에게 살려달라고 애걸하며 이렇게 말했다.

"한 번만 풀어주시면 내일부터 다른 자고새를 많이 꾀어 사냥꾼님의 그물에 걸리도록 하겠습니다."

이 말을 들은 사냥꾼은 더욱 크게 화를 내며, "이런 못된 놈, 자기 목숨만 아끼고 친구들의 목숨은 돌보지 않는 너 같은 놈은 당장 죽어도 돼!" 하고는 자고새를 죽여버렸다.

장미와 백일홍의 부러움

어느 아름다운 꽃밭에 장미와 백일홍이 어깨를 나란히 하고 사이좋게 피어 있었다.

백일홍은 장미를 몹시 부러워하며 "오, 장미님. 당신의 모습은 너무나 아름답습니다. 게다가 그 아름다운 모습으로 모든 사람을 즐겁게 하니, 당신은 과연 꽃 중에서 가장 아름다운 꽃이에요." 하고 말하자 장미는 이렇게 대답했다.

"백일홍님, 저를 부러워하지 마세요. 저의 아름다움은 극히 짧은 시간 동안뿐이지만 백일홍님은 백 일 동안이나 아름다움을 자랑할 수 있잖아요."

먼저 할 일과 늦게 할 일

어느 날, 여우 한 마리가 목이 몹시 말라 우물가로 물을 마시러 갔다가 그만 깊은 우물 속에 빠지게 되었다.

여우는 무슨 수를 써서라도 밖으로 기어 나오려고, 온갖 방법을 궁리해보았지만 모두 헛일이었다.

'아이고, 이를 어쩌나. 이제 꼼짝없이 죽게 되었구나.'

여우는 자기도 모르는 사이에 눈물이 주르륵 흘러내렸다.

이때 마침, 염소 한 마리가 우물가로 다가왔다. 그러고는 "여보게, 우물물이 시원한가?" 하고 우물에 빠져 있는 여우에게 물었다.

"그럼, 물맛이 아주 그만이야. 어찌나 시원하고 맑은지 몰라. 내려와서 한번 마셔보게나."

"그럼, 내려가야겠군. 나는 목이 말라 죽겠어."

염소는 이렇게 말하면서 우물 속으로 풍덩 뛰어내렸다.

"아이고, 참 시원하군."

물을 마시고 난 염소가 이렇게 말하자, 여우가 염소에게 진지한 얼굴로 물었다.

"그런데 염소 군, 자네는 어떻게 우물을 빠져나갈 생각인가?"

"글쎄, 어떻게 해야 할지 아직 생각해보지 못했는걸. 자네는 어떻게 나갈 생각인가?"

"나도 여태껏 궁리해보았지만, 좋은 생각이 안 떠오르네. 이렇게 하면 어떨까? 자네가 우물 벽에다 앞발을 높이 올리는 거야. 그런 다음 내가 자네 등을 타고 우물 밖으로 나가서 자네를 밖으로 끌어내는 거지. 내 생각이 어떤가?"

"그것 참 훌륭한 생각이네."

마음이 여린 염소는 여우의 말에 찬성을 하고는 금방 앞발을 벽에다 올려놓았다. 그렇게 해서 여우는 무사히 밖으로 나오게 되었다. 그러고는 뒤도 안 돌아보고 제 갈 길을 가려고 했다. 그러자 염소가, "이봐, 여우 군. 자네는 나를 밖으로 나가도록 해준다고 하지 않았는가? 자네가 가버리면 내가 어떻게 이 우물에서 빠져나갈 수 있겠는가!" 하고 소리쳤다.

"원, 별 어리석은 놈 다 보겠군. 우물에 뛰어들 때는 나올 생각도 해야 할 것 아닌가? 나는 지금 바쁜 몸이야. 그러니까 자네 혼자 곰곰이 궁리해보라고!" 하며 여우는 히죽히죽 웃으며 달아났다.

사자의 논리

어느 날 암소가 언덕에서 풀을 뜯어먹고 있는 암사슴을 발견했다.

"아주 좋은 먹이가 생겼는걸." 하고 중얼거리며 암소는 곧 양에게로 달려가서 사자를 불러오라고 시켰다. 왜냐하면 사슴이란 놈은 워낙 걸음이 빠르기 때문에, 사자를 불러 양과 함께 사슴을 에워싼 다음에 잡을 속셈이었다. 그리하여 암소는 사자와 양과 함께 포위 작전을 써서 마침내 암사슴을 잡았다.

사자는 곧 사슴을 여러 토막으로 나누어 놓고는 이렇게 말했다.

"자, 이보게들. 이제 나누어 갖도록 하지. 이 첫째 토막은 내가 갖기로 하겠네. 왜냐하면 나는 동물의 왕이란 말일세. 그리고 둘째 토막은 우리 중에 가장 힘센 내가 차지해야겠네. 셋째 토막도 이 사냥에서 가장 수고를 많이 한 내게로 와야 마땅하네. 음, 그리고 보니 한 토막밖에 안 남았는데. 이 중에 누구든지 이것을 차지하려는 놈은 없을 거야. 하지만 혹시 그런 못된 놈이 있으면 그 길로 곧 나와 원수가 될 테니 잘 알아서 하도록 하게."

이렇게 해서 사자는 암사슴 한 마리를 온통 혼자 차지해버렸다.

지혜로운 사냥꾼

한 사냥꾼이 활을 메고 깊은 산속으로 사냥을 하러 갔다. 그런데 불행히도 골짜기를 넘다가 어마어마하게 큰 사자를 만나게 되었다.

"네 이놈, 사자야. 이제 너에게 내 부하를 하나 보낼 테니 그 아이에게 내가 얼마나 힘센 장사인지 물어보아라." 하고는 화살을 당겨 사자의 옆구리에 힘껏 쏘았다.

사자는 미처 몸을 돌릴 겨를도 없이 날아든 화살에 놀라서 숲 속으로 얼른 도망쳐버리고 말았다. 그때 여우가 이 꼴을 보고 말했다.

"원 대왕님도, 그까짓 사냥꾼이 무엇이 무서워서 도망쳐 오신단 말입니까?"

"얘, 그런 말은 아예 말아라. 그 사냥꾼이 보기보다는 부척 힘이 센 모양이더라. 글쎄, 그 부하란 놈도 어찌나 빠른지 눈 깜짝할 사이에 날아와서 나를 어찌나 세게 무는지 혼쭐이 났다. 그러니 그 주인은 얼마나 더 세겠느냐? 말할 필요도 없지 않겠느냐?"

누가 더 배은망덕한가?

어떤 늑대가 양을 사냥해서 맛있게 먹고 있었다. 그런데 너무 급히 먹다가 그만 잘못해서 조그만 뼈 하나가 목에 걸리고 말았다.

성질이 불같은 늑대는 달리 어찌할 도리가 없어 쩔쩔매고 있었다. 마침 그때 학 한 마리가 자신의 옆을 날아가고 있었다.

늑대는 학을 불러, 죽어가는 목소리로 끙끙 대며 이렇게 말했다.

"이보게, 아까 내가 점심을 먹다가 목에 뼈가 걸려 지금 죽을 지경일세. 그러니 자네의 그 긴 부리를 내 입 속에 넣어서 가시를 좀 빼내주게. 사례는 톡톡히 하겠네. 집에 감추어둔 보물도 좀 있으니……."

이리하여 학은 늑대의 목에서 가시를 뽑아주었다. 그런 후에 늑대에게 약속대로 한 턱 크게 내라고 했다.

늑대가 갑자기 소리를 지르며 덤벼들듯이 말했다.

"뭐가 어쩌고 어째! 야, 이 배은망덕한 놈아, 길을 막고 물어봐라. 하늘과 땅이 생긴 뒤로 늑대 입 속에 들어갔다가 곱게 나온 놈이 어디 있는지 말이다."

이 말을 들은 학은 죄라도 지은 것처럼 사과를 하며 멀리 날아갔다.

잘못된 평화협정

어느 날, 늘 다투기만 하던 여우와 솔개가 서로 앞으로는 친구가 되어 다정하게 지내자고 굳게 손가락을 걸었다. 그래서 여우는 솔개가 둥지를 틀고 사는 높은 참나무 밑 덤불에다 집을 짓고 옮겨와 살게 되었다.

그런데 하루는 먹이를 구하러 여우가 집을 비운 사이에 솔개가 여우네 집을 찾아갔다. 그러고는 새끼 여우를 채어 가지고 집으로 돌아와 자기 새끼들과 나누어 먹었다.

저녁때가 되어 집으로 돌아온 여우는 새끼들을 찾다가 솔개가 채간 것을 알고는 이를 부드득 갈며 원통해했으나 어쩔 수가 없었다. 솔개가 둥지를 튼 참나무는 너무 높아 여우의 힘으로는 도저히 올라갈 수가 없었기 때문이었다.

그러나 하늘도 여우의 원통함을 알아본 듯했다.

그런 일이 있은 후 얼마 지나지 않아, 솔개가 고깃덩어리를 물어왔는데 그 고깃덩어리는 제사를 지내기 위해 굽고 있던 것이어서 불이 붙어 있었다. 그 불이 솔개의 집에 옮겨 붙어 집을 몽땅 태우고 말았다. 그 바람에 제대로 날지 못하는 새끼 솔개들은 날개를 푸드덕거리며 간신히 여우네 집 근처로 내려와 앉게 되었다.

　이때 그것을 본 여우가 재빨리 달려가, 솔개가 보는 앞에서 새끼 솔개들을 널름널름 집어삼켜 버렸다.

단맛의 유혹

꿀 항아리를 받쳐 들고 방 안을 왔다 갔다 하던 할머니가 그만 잘못해서 항아리를 떨어뜨렸다. 그 바람에 방바닥에 꿀이 흘러 꿀 천지가 되었다.

이것을 본 파리 떼들이 이게 웬 떡이냐는 듯 신나게 몰려들었다. 그러고는 할머니의 눈치를 보아가며 슬금슬금 꿀을 맛있게 빨아대기 시작했다. 마침 할머니가 숟가락을 가지러 부엌으로 나가자 파리들은 마음놓고 주저앉아 꿀을 빨아먹기 시작했다.

잠시 후, 할머니가 숟가락과 대접을 가지고 나타나자 파리들은 재빨리 도망을 치려고 날갯짓을 하기 시작했다. 그러나 다리와 날개가 꿀에 흠뻑 젖어 날 수도, 길 수도 없게 되어버렸다.

할머니는 움쭉달싹하지 못한 채 꿀 속에 빠져 있는 파리들을 젓가락으로 가려내면서 말했다.

"쯧쯧, 이런 미련한 놈들 같으니라고, 잠깐의 단맛을 위해 목숨을 걸다니……."

사자의 구혼 이야기

옛날 옛적 호랑이가 담배 먹던 시절의 이야기이다.

어느 마을에 아름다운 아가씨가 살고 있었다. 그런데 하루는 근처 숲 속에 살고 있던 사자가 우연히 이 아름다운 아가씨를 보게 되었다. 아가씨의 아름다운 모습에 마음이 끌린 사자는 마침내 장가를 들어야 겠다고 마음먹었다.

"당신의 따님에게 장가를 들어야겠으니 그리 아십시오."

사자는 은근히 협박하는 투로 아가씨의 아버지에게 을러댔다.

이 말을 들은 아가씨의 아버지는 속으로는 펄쩍 뛰었으나, 사자에 게 잡아먹힐지도 모르므로 마음을 진정하고 말했다.

"사자님 같은 듬직한 분을 사위로 맞아들이는 것은 너무나 경사스 러운 일입니다. 딸아이의 의견이 어떤지 한번 들어봐야겠습니다. 물 론 그 아이도 찬성할 것입니다. 힘드시겠지만 내일 한 번 더 들러주시 지요."

이 말을 들은 사자는 좋아서 어쩔 줄 몰라하며 돌아갔지만, 아가씨 의 집은 먹구름이 낀 듯 걱정에 휩싸이게 되었다. 그도 그럴 것이 꽃같이 어여쁜 딸을 그 무섭고 사나운 사자에게 시집을 보내야만 한다니, 말도 안 되었다.

이튿날 새벽이 되자마자 사자는 벌써 찾아왔다. 아가씨의 아버지는 태연한 표정으로 사자를 맞아들이며 이렇게 말했다.

"딸아이의 의견을 들어보니, 사자님이라면 신랑감으로 두말할 것이 없지만, 날카로운 이와 발톱이 무섭다며 주저하고 있습니다. 사자님, 그러니 그것만 빼버리신다면 모든 일이 잘 될 것입니다."

이 말을 듣자 사자는 "그야 별로 어려운 일이 아니지." 하고는 마루에 벌렁 드러누워서 이와 발톱을 모두 뽑게 했다.

아가씨의 아버지는 그제야 숨겨두었던 몽둥이를 가지고 와서는 사자를 마구 두들겨 팼다. 이와 발톱이 없어진 사자는 어쩔 도리 없이, 매만 실컷 얻어맞고는 산속으로 도망쳐버렸다.

사자는 새끼도 사자다

옛날에 동물 세계의 어미들 사이에서 누가 한 번에 가장 많은 새끼를 낳을 수 있나 하는 말다툼이 크게 벌어졌다.

동물들은 끝내 결론을 내리지 못하고, 암사자에게 물어보려고 우르르 몰려갔다.

"사자님께서는 아들과 딸을 한 번에 몇이나 낳을 수 있나요?" 하고 묻자, "하나만 낳아요. 하지만 그 하나가 사자랍니다." 하고 암사자는 어깨를 으쓱대며 뽐을 냈다.

착각이 주는 행복

어느 날, 당나귀가 새로 세운 신전에 모시게 될 제우스 상을 끌고 가고 있었다. 지나가는 사람마다 공손한 태도로 길을 비켜서며 절을 했다.

한두 번이 아니었으므로 당나귀는 제가 잘났기 때문에 사람들이 절을 한다고 여기게 되었다. 그러고는 떡 버티고 서서 꼼짝도 하지 않았다.

이 모양을 본 마부가 하도 어처구니가 없어서 껄껄 웃음을 터뜨리며 이렇게 말했다.

"예끼, 이 미련한 놈아! 그건 너한테 절을 하는 게 아니고, 네가 끌고 가는 제우스 님께 하는 거란다."

눈만 먼 줄 알았는데

아기 두더지가 어미 두더지에게 자랑스럽게 말했다.

"엄마, 제 눈이 환하게 밝아졌어요. 무엇이든지 또렷하게 잘 보인답니다."

어미 두더지는 그 말이 믿기지 않아 유향 한 덩이를 아기 두더지의 코앞에 대며 물었다.

"아가야, 네 눈이 밝아졌다니 그럼 이게 무엇인지 말해보렴."

"그게 돌이지 뭐예요."

아기 두더지는 아주 쉽다는 듯이 척척 대답했다. 그러자 어미 두더지는 펄쩍 뛰면서 "아이고, 이를 어쩌나, 우리 아기가 눈만 먼 줄 알았더니 코까지 막혔구나." 하고 말했다.

일당백의 비밀

언제나 으쓱대며 제 자랑만 늘어놓는 거만한 여우가 있었다.

"내 꾀를 당해낼 것은 이 세상에 아무것도 없어. 암, 그렇고말고. 그러니 무슨 일이 생겨도 난 걱정 없어."

여우는 늘 이렇게 뽐내며 다녔다.

어느 날, 수풀 속을 어슬렁어슬렁 돌아다니던 여우가 고양이 한 마리를 만났다.

"여우님, 안녕하세요?"

고양이는 여우에게 공손히 인사를 했다.

"오, 그래. 고양이로구나. 너는 늘 수염만 늘어뜨리고 쥐들이나 겨우 쫓아다닐 뿐이지. 그밖에 달리 무슨 재주가 있느냐?"

여우는 고양이를 아주 얕잡아보며 비아냥거렸다.

"제게도 단 한 가지 재주는 있어요. 나무에 올라가는 재주가 아주 뛰어난데, 적들이 덤벼들면 나무 꼭대기로 금방 도망칠 수 있답니다."

"시시하다. 그까짓 걸 재주라고 하다니……. 난 재주가 백 가지도 넘는단다. 그리고 또 아주 훌륭한 꾀가 나오는 꾀주머니도 있지. 그래서 아무리 무서운 적이 공격해오더라도 절대 걱정할 필요가 없단다."

바로 이때였다. 여우의 말이 끝날 때쯤 사방에서 사냥개 한 떼가 몰려왔다. 고양이는 얼른 옆에 있는 나무로 기어 올라갔다. 그러고는 밑에서 어쩔 줄을 몰라 우물쭈물하며 떨고 있는 여우를 향해 이렇게 소리쳤다.

"여우님, 백 가지도 넘는 재주를 마음껏 부려보세요. 꾀주머니도 활짝 열어놓으시고요!"

그러나 미처 재주 부릴 겨를도 없이 여우는 그만 달려드는 사냥개에게 물려 죽고 말았다.

고양이는 여우의 백 가지 재주보다 자기가 가지고 있는 한 가지 재주가 더 귀하다고 생각하며 흐뭇해했다.

늙은 쥐의 방울 달기

어느 시골집에 생쥐 몇 마리가 살고 있었다. 그런데 주인집 고양이가 워낙 사나워 기를 펴고 살 수가 없었다. 그래서 쥐들은 회의를 열고 고양이를 없앨 수 있는 방법을 이모저모로 궁리하게 되었다.

"도대체 기를 펴고 살 수가 있어야지. 빵 부스러기라도 좀 먹어볼까 해서 부엌 근처로 가기만 하면, 영락없이 그 고양이란 놈이 새파란 눈을 무섭게 부릅뜨고 있으니 말이야."

회의를 주재하는 우두머리 격인 황갈색 쥐가 한숨을 쉬며 말했다.

"그러니 어쩌면 좋습니까? 우리 모두 한꺼번에 쫓아가서 그놈을 물어뜯어 버리면 어떻겠습니까?"

이번에는 좀 용감한 젊은 회색 쥐가 말했다. 그러자 가장 존경받는 흰 수염 달린 늙은 쥐가 일어나더니 이렇게 입을 떼었다.

"고양이란 놈은 워낙 사나운 놈이라, 우리가 떼를 지어 몰려가도 소용없을 걸세. 그보다는 차라리 고양이 목에 방울을 달아놓아야 한다고 생각하네. 고양이가 움직일 때마다 방울 소리를 듣고 피하는 것이 제일 좋은 방법 같은데, 어떤가?"

"그거 썩 좋은 생각입니다."

쥐들은 몹시 기뻐하며 외쳤다. 이젠 고양이 따위는 걱정할 필요가 없다고 여겨져서 모두들 춤을 추고 야단들이었다.

시간이 조금 흐른 뒤 들뜬 분위기가 가라앉자, 다시 황갈색 쥐가 물었다.

"그런데 누가 고양이 목에 방울을 달러 가겠소?"

쥐들은 갑자기 조용해졌고, 누구 하나 선뜻 그 일을 하겠다고 나서는 쥐가 없었다.

"당신이 맨 처음 의견을 꺼냈으니 직접 하는 게 어떻겠소?"

"글쎄, 나 같은 늙은이보다는 저 젊은이가 더 적당하지 않겠소?"

흰 수염 달린 쥐는 회색 쥐를 가리키며 점잖게 꽁무니를 뺐다.

"죄송합니다만, 저는 지난번 덫에 걸릴 뻔한 뒤로는 내내 건강하지 못한 편입니다."

회색 쥐도 이렇게 말하며 거절하는 것이었다.

"그럼 누가 고양이 목에 방울을 달겠소?"

황갈색 쥐가 다그쳐 물었다. 그러자 쥐들은 하나둘씩 슬그머니 제 구멍으로 꼬리를 감추고 마는 것이었다.

양다리를 걸치는 경우

사냥꾼에게 쫓기던 여우가 나무를 하고 있는 나무꾼에게 달려와 숨을 헐떡이며 좀 숨겨달라고 애원했다. 나무꾼은 여우의 간청을 흔쾌히 받아들여 장작더미 뒤에 숨겨주었다.

곧 사냥꾼이 내려와서는 나무꾼에게 물었다.

"이보시오. 혹시 이 근처로 지나가는 여우를 못 보았소?"

그러자 나무꾼은 "글쎄, 못 봤는데요." 하고 말하면서 손가락으로는 장작더미 뒤를 슬그머니 가리켰다. 그러자 사냥꾼은 미처 눈치를 채지 못하고 곧바로 다른 곳으로 가버리고 말았다.

사냥꾼이 가버리자 여우는 얼른 숨어 있던 장작더미에서 나와, 나무꾼은 거들떠보지도 않고 그냥 가려고 했다. 그러자 나무꾼은 이를 괘씸히 여겨, 숨겨준 사람에게 감사하다는 인사 한마디 없이 가는 놈이 어디 있느냐고 말하자, 여우는 걸음을 멈추고 돌아다보며 큰 소리로 말했다.

"당신이 손가락으로 나를 가리키지 않았다면, 내가 고맙다는 인사만 할 것 같소?"

목소리가 아름다운 이유

당나귀가 매미의 고운 노래를 듣게 되었다. 당나귀는 매미의 아름다운 목소리가 어찌나 부러웠던지 이렇게 물어보았다.

"무엇을 먹어서 그렇게 아름다운 목소리가 나옵니까?"

그러자 매미가 말했다.

"풀잎에 맺힌 영롱한 이슬을 먹었습니다."

이 말을 들은 당나귀는 그날부터 풀잎에 이슬이 맺히기를 기다렸다. 그리고 몇날 며칠 동안 기다리다가 마침내 굶어죽고 말았다.

화풀이를 잘못하면?

여우가 사람들에게 해만 끼친다고 몹시 싫어하던 어떤 사람이 마침내 여우 한 마리를 붙잡게 되었다. 그 사람은 여우에게 아주 무서운 벌을 주려고 했다. 그래서 삼대 다발을 꼬리에 잡아매고 거기에다 불을 붙였다.

그런데 하느님은 이 여우를 그 사람의 밭으로 쫓았다. 마침 한참 곡식을 거두어들일 때라 불이 붙으면 큰일이었다. 그 사람은 악을 쓰며 급히 달려갔지만 곡식은 이미 몽땅 불에 타서 못 쓰게 되어버렸다.

진심 바로 알기

어느 날 늑대 한 마리가 저녁거리가 없어서 고픈 배를 움켜쥐고는 마을로 내려왔다. 그때 마침 외딴집 모퉁이를 돌아서려다 방에서 앙앙거리는 어린아이의 울음소리를 듣게 되었다.

늑대는 입 안에 고이는 군침을 꿀꺽 삼키며 그곳에 서 있었다. 그때 아기를 달래던 엄마가, "뚝 그치지 못해! 자꾸 울면 늑대에게 줘버릴 거야." 하고 나무라는 소리가 들려왔다. "어이쿠, 이게 웬 떡이야." 늑대는 귀가 번쩍 띄었다. 그러고는 숨을 죽인 채 창 밑에 쭈그리고 앉아, 아기를 언제 버리려나 하고 기다리고 있었다.

밤은 점점 어두워가고 아이는 한층 더 앙앙거리며 울었지만 엄마는 아이를 내버리지 않고 있었다. 이제나저제나 기다리던 늑대는 배에서 쪼르륵거리는 소리를 들어야 했다. 그런데 갑자기 아기가 울음을 뚝 그쳤다. 그때 어린아이를 달래는 엄마의 목소리가 또렷이 들려왔다.

"아, 착하다, 우리 아가. 그 못된 늑대 놈 오기만 해봐라. 방망이로 흠씬 두들겨 패줄 테니……."

늑대는 하늘이 무너지는 것같이 실망스러웠다. 일찍이 다른 곳으로 갔더라면 요기라도 했을 텐데, 하는 생각이 간절하게 들었다. 공연스레 엄마의 말만 믿고 창 밑에 쭈그리고 앉아 있다가 욕만 얻어먹은 늑대는 산으로 돌아가며 이렇게 투덜거렸다.

"그러기에 사람들 말이란 믿어서는 안 되는 거야. 말과 마음은 전혀 딴판이란 걸 진작 알았어야 하는 건데……."

칼의 두가지 속성

나그네가 길을 걸어가다가 우연히 칼을 줍게 되었다. 그는 칼에게 이렇게 물어보았다.

"너를 잃어버린 주인은 어떤 사람이냐? 너를 잃어버려 몹시 아까워하겠구나."

칼이 대답했다.

"나를 잃어버린 사람은 한 사람밖에 없지만, 내가 잃게 한 사람은 셀 수도 없이 많답니다."

잘생긴 것과 못생긴 것

옛날에 잘난 체하는 잘생긴 까치 한 마리가 있었다. 그런데 이 잘생긴 까치를 다른 까치 친구들이 못생겼다며 따돌렸다. 그러자 이 잘생긴 까치는 까치 무리를 떠나 까마귀를 찾아가서 까마귀들과 함께 살게 해달라고 간절히 졸랐다. 그러나 까마귀는 까치의 목소리나 모습이 자기들과 판이하게 다른 것을 알고는 까치를 콕콕 쪼아대며 내쫓아버렸다.

쫓겨난 까치는 풀이 죽어 친구들을 다시 찾아갔다. 그러나 까치들은 그 잘생기고 거만한 까치를 받아들이지 않았다. 그래서 그 까치는 오갈 데 없는 처량한 신세가 되었다.

겸손의 처세학

맑은 물이 흐르는 강기슭에 아름드리 참나무 한 그루가 당당한 모습으로 우뚝 서 있었다. 이 참나무는 땅 속 깊이 뿌리를 내리고 있는데다 하늘을 찌를 듯이 높이 솟아올라 있었다.

'나처럼 튼튼한 나무는 이 세상에 없을 거야. 나를 쓰러뜨릴 놈은 절대 있을 수 없지. 암, 그렇고말고. 그뿐인가? 나는 다른 나무들보다 열배, 백 배 키가 크니 모두를 내려다볼 수 있단 말이야.'

나무는 그렇게 생각하며 뽐냈다.

그러던 어느 날, 폭풍우가 아주 심하게 불었다. 그 바람에 참나무는 끝내 견디지 못하고 우지끈 부러지고 말았다. 콸콸 넘쳐흐르는 거센 강물에 휩쓸린 참나무는 아래로 떠내려가기 시작했다.

한참을 떠내려가다 어느 갈대밭 옆을 지나게 되었다. 작고 가냘픈 갈대들은 매끈하고 날씬하게 서서 떠내려가는 참나무를 애처로운 듯이 쳐다보았다.

"갈대들아, 이렇게 비바람이 심하게 내려치는데도 너희들은 꺾어지기는커녕 상처 하나 없으니 어찌된 일이냐? 너희들은 나보다 훨씬 약하고 조그마한데도 말이다!"

참나무는 부럽다는 표정을 지으며 소리쳤다.

"쯧쯧, 불쌍한 참나무님. 바람이 우리를 해치지 않는 것은 바람이 지나갈 때면 늘 고개를 숙이기 때문이에요. 하지만 참나무님은 바람이 지나갈 때도 혼자 잘난 척하고 버티면서 바람을 힘으로 막으려고 했기 때문에 부러진 것입니다. 바람은 꼿꼿하게 버티거나 뽐내지 않으면 항상 그 누구도 해치지 않는답니다."

자유의 값어치는?

　얼음이 꽁꽁 어는 몹시 추운 겨울날이었다. 하얗게 눈 덮인 들판에서 늑대 한 마리가 며칠씩이나 아무것도 먹지 못하고 헤매고 있었다. 추위와 배고픔을 견디다 못한 늑대는 어슬렁어슬렁 산 아래 마을로 내려갔다.

　늑대는 동네 근처에 가까이 내려가 토실토실하게 살찐 개와 마주치게 되었다.

　"여보세요, 개님. 저는 밤낮 먹이를 찾아 이리저리 돌아다녀도 굶어죽을 판인데, 당신은 그렇게 보기 좋게 살이 찌셨으니 그 이유가 무엇입니까?"

　늑대는 무척이나 부럽다는 듯이 물었다.

　"아, 늑대 씨군요. 살찌는 일이야 뭐 별로 어렵지 않아요. 저는 먹이를 찾아다닐 필요가 없거든요. 항상 주인이 넉넉히 먹여주니까요."

　"그럼, 주인은 아무 일을 안 해도 그냥 먹여주나요?"

　"네, 그렇다고 할 수 있죠. 밤에만 도둑이 들어오지 못하도록 집을 지키면 돼요. 하지만 그까짓 게 어디 일이라고 할 수 있겠어요? 지금 몹시 배가 고프신 모양인데, 저랑 우리 집에 가지 않으실래요? 우리 함께 살도록 해봐요. 우리 주인도 마음씨가 무척 좋으니까 말이에요."

"그거 고마운 얘기인데요. 그럼 한번 같이 가서 시험 삼아 며칠만 살아보겠습니다."

늑대는 매우 기뻐했다. 그래서 늑대와 개는 나란히 마을 쪽으로 걸음을 옮겼다. 그때 늑대는 개의 목덜미에서 무엇엔가 묶였던 것 같은 무서운 상처를 발견했다. 그래서 늑대는 곧 개에게 그것이 무슨 상처냐고 물었다.

"예, 이건 쇠사슬에 묶였던 상처예요."

개가 말하자 늑대는 얼른 오던 길로 되돌아서더니 이렇게 말했다.

"저는 굶어죽는 한이 있어도 결코 쇠사슬에는 묶이고 싶지 않습니다. 그럼 안녕히 가세요."

자랑할 게 따로 있지

어느 날, 전나무가 옆에 있는 가시나무를 보고 거만스럽게 뽐내며 이렇게 말했다.

"너 같은 놈이야 어디에 갖다 놓아도 별로 쓸모가 없지만 나는 달라. 나는 집을 짓거나 건물을 세울 때 꼭 필요하단 말이야."

이 말을 듣자 가시나무가 입술을 비쭉대며 쌀쌀맞게 대답했다.

"무척 부럽군요. 굉장히 좋으시겠습니다. 하지만 나무꾼이 도끼와 톱을 가지고 이곳에 올 때는 전나무보다도 가시나무가 되고 싶지 않으세요?"

네 자신을 알고 있니?

황소 한 마리가 사자에게 쫓기다가 급히 어떤 굴속으로 도망쳐 들어갔다. 그런데 그 동굴 속에는 마침 산양이 먼저 와 있었다. 산양은 갑자기 달려 들어오는 황소와 부딪치자 뿔로 받으면서 덤벼들었다. 그러자 황소가 말했다.

"내가 가만히 있는 건 힘이 약해서가 아니야. 사자가 다른 곳으로 가기만 하면, 한번 이 황소의 본때를 보여주지."

소리만 요란한 수레바퀴

하루는 황소 한 마리가 무거운 짐을 실은 수레를 끌고 가파른 언덕을 힘겹게 올라가고 있었다. 그런데 수레바퀴가 계속해서 요란하게 덜커덕거리는 것이었다. 황소는 그 덜커덕거리는 소리가 몹시 귀에 거슬려 벌컥 화를 냈다.

"바퀴야, 제발 좀 시끄럽게 하지 마라! 정작 무거운 짐을 끌고 가는 건 나란 말이다. 그런데도 나는 이렇게 가만히 있잖니."

절제의 미학

어느 넓은 풀밭에서 학과 거위들이 떼를 지어 함께 살고 있었다.

어느 날 그곳을 지나가던 사냥꾼이 학과 거위들을 보고는, "어이쿠, 이게 웬 행운이야. 학과 거위를 모두 한꺼번에 잡을 수 있겠구나." 하면서 그물을 힘껏 던졌다. 그러자 보통 때 늘 먹이를 적게 먹어 몸이 날씬한 학들은 모두 그물 사이로 빠져나가 날아갈 수 있었다.

그것을 보자, 그물에 걸려 있던 거위들이 "우리도 평소에 조금씩 먹을걸 그랬어." 하고 한숨을 쉬었다.

새끼 쥐의 세상 배우기

어느 날, 세상에 갓 태어난 새끼 쥐 한 마리가 마당에서 놀다가 가쁜 숨을 몰아쉬며 뛰어 들어와서는 엄마 쥐에게 이렇게 말했다.

"아이, 숨차. 엄마, 엄마, 하마터면 큰일 날 뻔했어요. 글쎄 말이에요, 새같이 생긴 커다란 동물이 가슴을 앞으로 내밀고 뻐기듯이 걷다가 나를 보고는 잡아먹을 듯이 노려보는 게 아니겠어요? 무척 날카로운 입에다 모가지를 길게 뽑고서 말이에요. 그 새빨간 모자 밑에 있는 두 눈이 어찌나 무서운지……. 그 괴물만 만나지 않았더라면 그것보다 훨씬 크고 예쁜 친구를 사귀게 되었을 텐데……. 그 예쁜 친구는 마당 끝에서 놀고 있었는데 우리처럼 털이 많이 나 있었어요. 그 회색과 갈색이 섞인 털빛이 어찌나 마음에 드는지 모르겠어요. 그뿐만이 아니었어요. 그 친구는 아주 순하고 졸린 듯한 눈으로 나를 따사롭게 바라보면서 긴 꼬리를 좌우로 흔들고 있었어요. 그 친구와 사귀었다면 정말 좋았을 텐데……."

새끼 쥐가 이렇게 말하자, 엄마 쥐는 안도의 숨을 내쉬며 말했다.

"아가야, 도망치길 정말 잘했다. 그 무서운 괴물은 사실 우리에게 아무런 해도 끼치지 않는 수탉이란다. 수탉은 조금도 두려워할 필요가 없어. 하지만 그 순하고 예쁘게 보이던 동물은 고양이야. 그놈은 너를 만나면 순식간에 잡아먹고 말 거야. 그러니 다음부터는 단단히 조심해야 한다. 그놈은 세상에서 제일 무서운 우리의 적이란다."

낙타는 굴러온 돌

낙타 한 마리를 데리고 사막을 넘나들며 장사를 하는 아라비아 사람이 있었다.

사막의 날씨는 낮에는 몹시 뜨거운 반면에 밤에는 무척이나 추운데, 그 추운 밤들 중에서도 아주 추운 어느 날 밤이었다.

그가 천막에 들어가 잔뜩 몸을 웅크리고 막 잠이 들려는 순간이었다. 천막 한 모퉁이가 살그머니 걷히더니 낙타가 얼굴을 들이밀고는 이리저리 두리번거렸다.

"낙타야, 왜 그래?"

주인이 정답게 물었다.

"너무 추워서 몸이 막 떨려요. 주인님, 죄송하지만 머리만 좀 천막 안에 넣게 해주세요."

낙타는 주인에게 간절히 부탁을 했다.

"그렇게 하렴."

인정 있는 아라비아 사람은 허락을 했다. 그래서 낙타는 얼른 머리를 천막 속에 디밀고 서 있게 되었다.

"주인님, 꽁꽁 언 목도 좀 녹일 수 있을까요?"

조금 있다가 낙타는 또다시 부탁을 했다. 아라비아 사람은 이번에도 선뜻 낙타의 부탁을 들어주었다. 낙타는 천막 속으로 목을 디밀었다. 목까지 천막 안으로 들여놓은 낙타는 꽤나 불편한 듯 머리를 이리저리 흔들며 서 있었다. 그러다가 별안간 이렇게 말하는 것이었다.

"목만 들여놓고 있으니 꽤 불편한데요. 앞다리를 좀 천막 안에 넣어도 괜찮을까요? 자리를 많이 차지하지는 않을 거예요."

"그래, 그렇게 하렴."

아라비아 사람은 그렇게 말하며, 낙타가 앞발을 들여놓을 수 있도록 몸을 한쪽으로 굽혔다. 얼마 있다가 낙타가 또 말했다.

"이렇게 서 있으니 천막이 훤히 열려서 둘 다 몹시 춥군요. 아예 제가 들어가 함께 있는 것이 어떨까요?"

낙타는 몸을 비벼대며 안으로 점점 파고들었다. 그러고는 이렇게 한마디 하는 것이었다.

"천막이 너무 좁아서 둘이 자기에는 너무 불편할 것 같아요. 그러니 주인님께서 밖에서 자면 어떨까요? 주인님은 저보다 훨씬 작으니 그만큼 추위도 덜 탈 게 아니에요?"

그러면서 낙타가 몸뚱이를 쓰윽 들이미는 바람에 결국 주인은 천막 밖으로 밀려나고 말았다.

여우의 차선책

햇볕이 쨍쨍 내리쬐는 어느 여름날이었다. 여우는 먹을 것을 찾아 숲 속을 온통 헤매고 다녔지만, 아무것도 얻을 수가 없었다. 그래서 산 아래 마을로 내려가보려고 마음먹고, 수풀을 헤치고 나와 산길을 느릿느릿 걸어가고 있었다.

한참을 내려가다 보니 포도송이들이 주렁주렁 달린 포도밭이 있었다. 포도송이들이 어찌나 먹음직스러운지 저절로 입 안에 군침이 돌았다.

"아이고, 잘됐다. 저걸 실컷 따먹어야지. 진작 이리로 올걸. 아, 정말 목이 마르구나."

여우는 중얼거리면서 포도밭으로 성큼 들어섰다. 그러나 포도송이들이 모두 높이 달려 있어서 여우의 키로는 도저히 닿을 수가 없었다.

여우는 몸을 뻗어 발돋움을 해보기도 하고, 있는 힘을 다해 펄쩍 뛰어보기도 했다. 그랬더니 가장 낮게 늘어져 있는 포도송이들이 손에 살짝 닿았다.

"이번에는 좀 더 힘껏 뛰어봐야지."

여우는 다시 한 번 뛰어보았지만 앞서보다도 높이 뛰지 못했다.

마침내 여우는 포도가 너무 높이 매달려 있어서 자기로서는 도저히 딸 수 없음을 깨달았다. 화가 머리끝까지 뻗친 여우는 포도밭을 나오면서 이렇게 중얼거렸다.

"쳇, 그까짓 설익은 포도 나부랭이, 너무 시어서 아마 내 입맛에는 맞지 않을 거야. 욕심쟁이 새들이나 실컷 먹으라고 해야지. 새들이란 아무것이든 가리지 않고 처먹으니까……."

병 주고 약 주기

　병이 깊이 들어 몸이 무척 불편한 사슴 한 마리가 어느 우거진 풀밭에 앓아누워 있었다. 이 소식을 들은 사슴 친구들이 병문안을 와서는 아파 누워 있는 사슴 주위에 있는 풀들을 모두 뜯어먹고 돌아갔다.

　얼마 후, 마침내 병든 사슴은 죽고 말았다. 그런데 사슴이 죽은 이유는 병 때문이 아니라 굶주림 때문이라고 했다.

게으른 사람의 기도

어떤 마부가 아주 좁고 질척거리는 진흙 길에서 마차를 몰며 가고 있었다. 그런데 힘겹게 낑낑거리며 반쯤 지나왔을 때, 마차바퀴가 진흙 구덩이에 빠져 꼼짝도 하지 않았다. 이를 본 마부는 어떻게 해서라도 마차를 빼낼 생각은 하지 않고, 그 자리에 무릎을 꿇고 앉아서 하느님께 기도를 올리기 시작했다. 그러자 하느님은 마부에게 이렇게 말씀하셨다.

"이 게으른 마부야, 네 어깨를 바퀴에 대고 힘껏 밀어보아라. 그래도 안 된다면 그때 내가 도와주마."

알밤을 잘 꺼내려면?

한 어린아이가 알밤이 가득 들어 있는 항아리 속에 한 손을 밀어 넣었다. 그러고는 알밤을 잔뜩 움켜쥐고는 손을 빼내려고 했다. 하지만 항아리의 주둥이가 좁아서 도저히 알밤 쥔 손을 빼낼 수가 없었다.

밤을 그냥 놓아버리기도 싫고, 그렇다고 밤을 쥔 채로는 손을 빼낼 수도 없고 해서 어린아이는 그만 울기 시작했다.

이때 옆에서 지켜보던 어른이 이렇게 말했다.

"애야, 밤을 반쯤만 쥐고 손을 빼보렴. 그럼 쉽게 빼낼 수 있을 거야."

근묵자흑近墨者黑의 원리

하루는 숯장수가 자기 집에 있는 빈 방을 그냥 비워두기가 아까워서 제 친구인 세탁부에게 같이 살자고 제안했다. 그러자 세탁부는 조금도 주저하지 않고, 손을 휘휘 내저으면서 말했다.

"그만두게. 절대 그럴 수는 없네. 왜냐하면 내가 아무리 빨래를 깨끗이 빨아 널어도, 자네네 숯가루가 묻어 금방 까맣게 될 것이 아닌가."

개구리의 울음에 얽힌 이야기

어느 달밤에 늪에서 개구리들이 합창을 하고 있었다.

가을의 덥지도 춥지도 않은 적당한 습기가 개구리들의 몸에 생기를 불어넣으니, 이때 노래를 부르지 않으면 개구리가 아니라는 듯이 개구리들은 저마다 있는 힘을 다해 목청껏 노래를 불렀다. 그들이 부르는 노래는 특별히 제목이 붙여져 있지는 않았지만 개구리들 사이에서 대대로 이어져 내려온 민족의 노래였다.

개구리들은 곧 배가 터질 듯이 부풀려서 개굴개굴 밤새도록 노래를 불렀다. 물론 늪에는 개구리만 살고 있는 것은 아니었다. 하지만 개구리들은 그런 것에는 아랑곳하지 않았다.

게다가 자신들이 부르는 노래가 모든 동물과 곤충들에게 감동과 행복을 주고 있다고 철석같이 믿고 있었다. 그래서 일단 노래를 시작했다 하면 다른 것은 전혀 생각할 수 없게 되어버려서 옆에서 들으면 잡음으로밖에 들리지 않는 노래를 밤새도록 힘껏 부르고, 또 불렀다.

물론 그 모습을 보고 누군가가 칭찬을 하거나. 그렇게 노래를 부름으로써 무언가가 변한 사실은 딱히 없었다. 그러나 개구리들의 말을 빌리면, 그것은 결코 그렇지 않다고 했다. 오히려 그 늪 주위뿐만 아니라 세상의 내일은, 다시 말해 세상의 모든 운명은 오로지 자신들이 이렇게 부르는 노래에 달려 있다고 말했다. 그 확실한 증거로 자신들이 부르는 노래에 따라 달님이 날마다 모습을 바꾸지 않느냐고 했다.

자신들이 멋지게 노래한 다음날 밤에는 달님이 조금 커져 있다는 것이다. 그래서 더욱 정성을 기울여 노래하면 달님이 더욱 커져서 세상을 환하게 비춰줄 것이라고 했다. 그렇기에 개구리들은 밝은 세상의 평화와 모든 사람들의 행복을 위해서라면 무엇인들 못하겠느냐는 것이다.

따라서 개구리들은 자신들의 배가 터질 위험도 무릅쓰고 더욱 큰 소리로 열심히 노래를 불렀다. 그렇게 노래한 보람이 있어서 다음날 밤 달님이 보름달이 되어 개구리들의 머리 위에서 빛나면, 개구리들의 성취감은 절정에 달했다. 너무 기뻐서 개구리들은 달님을 향해 뛰어올랐다. 그리고 흥분을 가라앉지 않아 심장이 멎을 것 같다며 물속으로 뛰어드는 개구리도 있었다.

그런데 그렇게까지 개구리들이 눈물겨운 노력을 하는데도 달님이 조금씩 작아져서 마침내 모습을 감추어버릴 때도 있었다. 그러면 개구리들은 그 마음이 하늘에 닿아 달이 다시 모습을 드러내줄 때까지 죽을힘을 다해 노래를 불렀다. 그래서 개구리들은 달의 모습에 일희일비하면서 매일 밤 열심히 노래를 부르고 있는 것이다.

의리 없는 말

한 사람이 말과 나귀를 한 필씩 기르고 있었는데 어느 날 함께 길을 가고 있었다. 나귀의 등에는 짐이 실려 있었다. 한참 길을 가다가 나귀가 말에게 말했다.

"나를 좀 살려주는 셈 치고 내 등에 실려 있는 무거운 짐을 좀 나누어 졌으면 좋겠소."

그러나 말은 못 들은 체하며 계속 자기 길만 걸어갔다. 결국 나귀는 지쳐 쓰러져 죽게 되었다.

주인은 나귀가 죽자, 나귀가 싣고 가던 짐을 모두 말의 등에 실었다. 게다가 죽은 나귀의 가죽까지 실었으므로 말은 큰 한숨을 쉬며 이렇게 소리쳤다.

"아, 큰일 났구나! 내가 왜 이렇게 바보 같은 짓을 했을까. 그때 나귀의 짐을 조금이라도 덜어주었더라면 좋았을 것을……. 이렇게 무거운 짐을 다 싣고, 거기다가 나귀의 가죽까지 싣고 가야 하다니……."

먹이에게 먹히다

먹을 것이 없어서 한참 허기졌던 까마귀가 양지 바른 곳에서 잠자고 있는 뱀을 발견하고는 재빨리 날아와 쪼았다.

깜짝 놀란 뱀이 까마귀에게 덤벼들어 있는 힘을 다해 물어뜯었다. 마침내 뱀에게 물려 죽게 된 까마귀가 이렇게 말했다.

"정말 분하다. 이렇게 훌륭한 먹이를 찾고도 그 먹이에게 죽임을 당해야 하다니……."

뱀의 알을 품은 암탉

암탉 한 마리가 자기 집 주위의 수풀을 헤치고 다니다가 임자 없는 알을 몇 개 발견했다.

암탉은 애처로운 마음이 들었다.

"쯧쯧, 세상에 자기가 낳은 알을 내버리는 엄마가 어디 있담. 이왕 이렇게 된 것 그냥 모르는 척할 수는 없으니, 이 불쌍한 알들을 내가 가져다 품어주어야지."

암탉은 알을 주워서 집으로 돌아왔다. 그런데 사실, 그 알은 무서운 독을 가진 뱀의 알이었다.

며칠이 지나자, 새끼 뱀들이 껍질에서 깨어나기 시작했다. 그때 마침 그곳을 지나던 제비 한 마리가 새끼 뱀들을 보고는 암탉에게 이야기를 해주었다.

"닭아, 넌 참 어리석은 동물이로구나. 뱀의 알을 품어주다니. 저 새끼 뱀들이 이제 좀 자라면 너부터 물어죽일 거야."

이 말을 들은 암탉은 외다리로 서서 징그러운 듯이 새끼 뱀들을 번갈아보며 말했다.

"그럼 내가 착한 일을 한 것이 아니라 어리석은 일을 했단 말이야?"

"그래, 올바른 판단은 생각 없는 친절보다 백 번 나은 법이야."

제비는 한마디 하고는 하늘 멀리 날아가 버렸다.

엄마 개구리의 자존심

어느 날, 황소 한 마리가 목이 말라서 물을 마시러 웅덩이로 들어가려다가 잘못해서 아기 개구리 한 마리를 밟아 죽였다. 함께 놀던 개구리 형제들은 엄마 개구리에게 정신없이 뛰어가서는 이렇게 말했다.

"엄마, 엄마, 큰일 났어요! 커다랗고 뚱뚱하게 생긴 짐승이 웅덩이로 들어와서 갈라진 발굽으로 막내를 밟아 죽였어요. 어떡해요?"

그런데 그 엄마 개구리는 무척 거만하고, 개구리치고는 큰 편에 속했다.

아기 개구리들의 말을 들은 그 엄마 개구리는 제까짓 짐승이 크면 얼마나 크냐 싶어, "도대체 그놈이 얼마나 크더냐?" 하고 아기 개구리들에게 물어보았다.

"얼마나 크다니요? 상상할 수 없을 정도로 굉장히 큰 괴물이에요." 하고 아기 개구리들이 입을 모아 대답했다.

그러자 엄마 개구리는 기분이 상해서, "이만큼 크더냐?" 하고 자기의 배에 잔뜩 바람을 넣어 뚱뚱하게 불리면서 물었다.

"아이참, 그 정도 가지고는 어림도 없어요."

"그럼, 설마 이만큼이야 안 되겠지?"

엄마 개구리는 더욱 힘을 주어 배를 뚱뚱하게 불리면서 말했다.

"엄마가 아무리 배를 불린다 해도 어림없어요. 뱃가죽이 터지도록 해도 안 된단 말이에요!"

아기 개구리들은 소리쳤다. 그러나 이 거만하고 미련한 엄마 개구리는 끝내 단념하지 않았다. 그리고 또다시, "그럼, 이 정도로 크더냐?" 하고 말하면서 배를 더 크게 불리다가 그만 배가 터져 죽고 말았다.

귀신을 부른 노인

어느 산골 마을에 할머니도 없고 아들도 없이 외롭게 살고 있는 할아버지가 있었다.

할아버지는 몹시 가난했는데, 날마다 깊은 산속에 들어가 나무를 해다가 팔아 겨우 그날그날을 살아갔다.

하루는 산에 가서 온종일 나무를 하고 해질 무렵쯤 내려오다가 돌부리에 걸려 하마터면 앞으로 고꾸라질 뻔했다.

길옆에다 지게를 받쳐놓고 앉아 있자니 왠지 서러운 생각이 밀려들어 죽고 싶은 마음만 들었다.

'도대체 무슨 놈의 팔자가 이렇단 말인가? 늘그막에 자식 하나 없이 이 고생을 해야 하다니⋯⋯. 나무를 해서 팔아가지고는 밥 벌어 먹기조차 힘들고⋯⋯.'

이런 생각이 들자 갑자기 화가 치밀어 참을 수가 없었다. 그래서 노인은, "귀신아, 귀신아, 어서 와서 나를 좀 잡아 가거라!" 하고 몇 번이고 소리치며 귀신을 불렀다. 그러자 정말 어디선가 무서운 귀신이 나타났다.

"할아버지, 저를 부르셨나요?"

막상 귀신이 앞에 버티고 있자, 노인은 겁이 덜컥 났다. 그래서 허리를 굽실거리며 이렇게 말했다.

"아, 아니올시다. 나, 나뭇짐 지는 것 좀 도와달라고요."

장사꾼들의 속성

옛날, 어느 마을에 외적이 쳐들어와 마을 사람들이 아주 위험한 궁지에 몰리게 되었다. 그래서 마을 원님은 외적을 물리칠 무슨 좋은 수가 없을까 하여 마을의 유지들을 모두 불러 모아 회의를 열었다.

사람들은 제각기 자기가 생각하는 바를 말하고, 그대로 실천할 것을 원님에게 강력하게 주장했다.

마침 벽돌을 만들어 파는 유지가 말할 차례가 되었다. 그는 점잖게 일어서더니, "화살과 창을 막아내려면 무엇보다 단단한 벽돌로 앞을 가리고 싸우는 것이 가장 안전합니다." 하고 은근히 전쟁을 기회로 벽돌을 팔려고 궁리했다. 그러자 나무 장사를 하는 유지가 일어났다.

"벽돌보다는 값이 싼 나무가 훨씬 좋습니다." 하고 말했다. 이번에는 가죽 장사를 하는 유지도 한몫을 보겠다는 생각에서 일어났다.

"뭐니 뭐니 해도 가죽만큼 편리하고 좋은 것은 없을 것입니다." 하며 제각기 자기 이익만 챙기려고 했다.

목동이 모르는 진실

눈보라가 무섭게 몰아치던 어느 추운 겨울날이었다.

산골짜기에 있는 조그만 목장을 돌보던 목동이 양떼를 우리에 몰아넣고 있었다. 그런데 넣다 보니 주인 없이 떠돌아다니는 산양 무리가 자기네 양떼 속에 섞여 있는 것이 아닌가.

"아이고, 이것들 봐라."

숫자도 자기네보다 훨씬 많고, 몸집도 큼직한 것들이었으므로 목동은 뛸 듯이 기뻐하며, 그것들을 모두 우리 안으로 몰아넣었다. 그리고 이 산양들의 마음을 끌기 위해 맛있는 먹이를 많이 주었다. 또 눈이나 바람이 들이치지 못하도록 짚으로 우리를 튼튼히 둘러쳐 주었다. 반면에 자기네 양들한테는 마른 풀만 겨우 넣어주었을 뿐, 비바람을 막는 우리 손질도 소홀히 했다.

며칠 후 눈이 그치고 날씨가 좀 따뜻해지자 목동은 양 우리로 가보았다.

문을 열고 살펴보니 놀랍게도 자기네 양들은 추위와 배고픔으로 모두 죽어 있었고, 산양들은 뿔뿔이 도망치는 것이었다.

목동은 달아나는 산양들을 쳐다보며 말했다.

"집에서 기르던 양들보다 더 정성들여 돌봐주었는데, 은혜를 모르고 달아나는 못된 놈들이 세상에 어디 있단 말이야?"

그러자 달아나던 산양 한 마리가 목동을 보며 말했다.

"당신의 집에 있다간 언제 굶어 죽을지 모르잖아요? 지난번에 우리가 왔을 때처럼 이다음에 다른 산양들이 오면 지금 죽은 양들처럼 우리도 굶어죽고 말 테니 일찌감치 달아나야죠."

당나귀의 흉내 내기

옛날에 어떤 사람이 당나귀 한 마리와 조그맣고 귀여운 강아지 한 마리를 기르고 있었다.

당나귀는 하루 종일 무거운 짐을 싣고 다니며 일만 했다. 그리고 밤이 되면 어둡고 지저분한 외양간에서 잤다. 하지만 강아지는 늘 뛰어다니며 놀기만 하고, 주인의 무릎 위에서 밥도 먹고 잘 때도 주인의 침대 밑에서 편안히 누워 잤다.

당나귀는 낮이면 산에 가서 나무를 실어 와야 했고, 밤에도 쉬지 않고 방앗간에서 일을 해야만 했다. 일을 하면서도 마음에 걸리는 것은 강아지는 늘 빈둥빈둥 놀기만 하는데도 어째서 주인의 귀염을 독차지하는가 하는 것이었다. 그래서 하루는 당나귀가 저도 강아지처럼 새롱을 부리면 귀염을 받을 수 있으리라 생각하고, 마구간에서 빠져나와 쏜살같이 마루로 뛰어 올라갔다. 그러고는 마루 위에서 껑충껑충 뛰어다니며 익살을 부린답시고 요란스럽게 떠들어댔다.

그것도 모자랐던지 꼬리를 휘휘 흔들면서, 강아지가 주인에게 하듯이 재롱을 떨다가 뒷발로 밥상을 차서 음식이며 그릇을 못 쓰게 만들었다. 하도 기가 막힌 주인은 입을 딱 벌리고 당나귀가 하는 모양을 바라보고 앉아 있었다. 그러자 당나귀는 주인에게로 달려가 주인의 무릎 위에다 두 다리를 얹고는 힝힝거렸다.

하인들은 주인이 당나귀한테 깔려죽을 지경이라, 제각기 몽둥이며 부지깽이 등을 들고 와서는 당나귀를 두들겨 팼다. 당나귀는 호되게 얻어맞으면서도 좀처럼 물러날 생각은 하지 않고, 오히려 고래고래 소리를 지르는 것이었다.

"왜들 이래요! 나는 정말 주인님께 귀염을 받고 싶을 뿐이에요. 당신들이 왜 나서서 방해를 하느냔 말이에요? 나는 그 어떤 놈같이 겉으로만 아첨을 떠는 게 아니라고요!"

흙탕물보단 낫다

나뭇짐을 싣고 가던 당나귀가 늪가를 지나가다가 미끄러져 넘어졌다. 일어나려고 아무리 안간힘을 써도 꼼짝도 할 수 없게 되자, 당나귀는 슬퍼서 엉엉 소리 내어 울었다. 그러자 늪에서 헤엄쳐 다니던 개구리들이 당나귀의 울음소리를 듣고는 당나귀에게 이렇게 말했다.

"이봐요! 그 정도 넘어지고 젖은 것 가지고 뭘 그리 슬퍼해요? 우리처럼 이렇게 평생 흙탕물 속에 살게 되면 어쩌려고요?"

외나무다리 위의 대결

옛날 옛적에 젊은 염소와 늙은 염소가 깊은 산골짜기 계곡에 있는 냇가에서 우연히 마주치게 되었다.

한 마리는 이쪽에서 저쪽으로 건너가려 하고, 다른 한 마리는 반대로 저쪽에서 이쪽으로 건너오려고 했다. 그런데 냇가에는 좁다란 외나무다리 하나만 걸려 있을 뿐이었다. 더욱이 냇물은 무척 깊고 물살도 거세게 흐르고 있었다.

먼저 냇가 가까이에 닿은 젊은 염소가 다리 위에서 늙은 염소에게 큰 소리로 외쳤다.

"비켜! 내가 먼저 다리를 건너기 시작했으니 당신은 잠깐 그 둑에 머물러 있는 게 좋겠어!"

그러자 나중에 온 늙은 염소가 말했다.

"무슨 소리를 하는 거야? 너는 어미 아비도 없고, 위아래도 모르느냐? 내가 너보다는 더 먼저 세상에 나왔으니 다리도 당연히 내가 먼저 건너야 하는 게 아니냐?"

이렇게 젊은 염소와 늙은 염소는 서로 조금도 양보하려 하지 않았다. 결국 그들은 외나무다리 한가운데에서 만났다.

몹시 화가 난 두 염소는 한참 동안 서로 뿔을 앞으로 내밀고 상대편을 밀어제치며 싸웠다. 그러다가 그들은 둘 다 좁은 외나무다리에서 아래로 떨어져 깊고 거센 물결 속으로 휩쓸려버리고 말았다.

속는 것과 속지 않는 것

한 낚시꾼이 하루 종일 아무것도 잡지 못하고 물고기들에게 미끼만 빼앗기고 있었다. 화가 난 낚시꾼은 이번 한 번만 더 던져보고 그래도 걸리지 않으면 집으로 돌아가야겠다고 생각하며 마지막으로 낚싯줄을 던졌다. 그러자 곧 작은 농어 새끼 한 마리가 걸려 올라왔다.

그런데 이 작은 물고기는 낚싯줄 끝에 매달려 부들부들 떨며 낚시꾼에게 이렇게 비는 것이었다.

"제발 저를 놓아주세요. 이렇게 작은 저를 지금 잡아 잡쉬봐야 한 입도 못 될 거예요. 그러니 저를 다시 놓아주시고 나중에 큼직하게 자라서 먹음직스럽게 되면 틀림없이 다시 낚여드릴 것을 맹세하지요."

그러자 낚시꾼은 이렇게 말했다.

"뭐라고? 어림없는 소리지. 설령 내가 신령님처럼 마음이 좋아서 놓아준다 하더라도 너는 돌아가서 반드시 이렇게 말할 거다. '이런 바보 같은 늙은이, 결코 당신 낚싯줄엔 다시는 안 걸릴 테다.' 하고 말이야."

낚시꾼은 곧 새끼 농어를 바구니에 넣어가지고 돌아갔다.

은혜를 몰라도 분수가 있지

한창 무더운 한여름에 나그네들이 더위를 견디지 못하고 허덕이다가 플라타너스의 시원한 그늘 밑에 다다라 땀을 식히게 되었다.

한참 후 땀이 가시자, 나그네들은 플라타너스를 올려다보며 말했다.

"참, 실속도 없이 크기만 하지 사람에겐 아무 소용도 없는 나무로군."

이 말을 듣자 플라타너스가 이렇게 화를 내며 말했다.

"흥, 지금 내 그늘에서 땀을 식히고도 내가 쓸모가 없다니. 은혜를 몰라도 분수가 있지."

쐐기풀 다루기

한 소년이 들판에 나가 뛰어놀다가 그만 잘못해서 쐐기풀에 찔리고 말았다.

소년은 엉엉 울면서 집으로 달려가, "엄마, 쐐기풀을 건드리기만 했는데 이렇게 콕 찔렸어요." 하고 말했다.

엄마는 소년에게 약을 발라주면서 이렇게 말했다.

"쐐기풀이란 살짝 건드리면 그렇게 찌르지만, 아예 꽉 움켜쥐면 아무렇지도 않단다."

죽음의 처방전

늙은 사자 한 마리가 병이 깊이 들어 굴속에 앓아누워 있었다. 이 소식을 듣고 모든 동물들이 병문안을 왔는데 여우만 나타나지 않았다. 그러자 평소에 여우와 사이가 좋지 않던 이리가, '옳지, 이번 기회에 여우란 놈을 단단히 혼내주어야지.' 하고 생각하며 이렇게 말했다.

"사자님, 오늘 모든 짐승들이 병문안을 왔지만 오직 여우란 놈만 오지 않았습니다. 이건 사자님을 업신여기는 증거이니, 건방진 여우를 무섭게 혼내주어 저희들도 그 본을 따르지 않게 하시는 것이 마땅할 것입니다."

이때 마침 여우가 들어오다가 이 말을 듣고는 이리가 자기를 모함하는 것을 알았다.

여우는 화가 머리끝까지 난 사자 앞으로 천천히 걸어 나가, 공손히 절을 하고는 말했다.

"자비로우신 사자님께서 병환이 나셨다는 얘기를 듣고 저는 밤에 잠도 제대로 못 자며 의사들을 찾아다니느라고 이렇게 늦었습니다. 백 번 죽어 마땅하나 다행히도 방금 전 이곳에 오다가 용한 의사를 만나 처방을 들었습니다. 그래서 그 처방을 알려드리고 용서를 빌까 합니다."

이 말을 듣자, 사자는 노여움을 풀고 여우에게 어서 그 처방을 말하라고 재촉했다.

"네 죄가 중하기는 하지만 특별한 사정이 있었다니 용서해주겠다. 그래, 그 처방이란 무엇이냐?"

"네, 그것은 아주 간단한 것입니다. 사자님의 배와 가슴뼈를 금방 죽은 이리의 따뜻한 껍질로 싸매시면 곧 낫는다고 합니다."

이 말을 들은 사자는 몹시 기뻐하며, 그 자리에서 이리를 물어 죽인 뒤 껍질을 벗기기 시작했다.

여우는 이리가 죽기 전에, 비아냥거리는 웃음을 띤 채 이리에게 이렇게 말했다.

"네가 나한테 한 것처럼 나도 너에게 했을 뿐이야."

형이상학과 형이하학

두루미를 업신여기던 공작이 어느 날 두루미의 날개 빛을 비웃으며 이렇게 말했다.

"나는 이렇게 멋지고 찬란한 금빛 옷을 입고 있는데, 너는 옷이 그게 뭐니?"

그러자 두루미가 말했다.

"나는 별 가까이에서 아름다운 노래를 부를 수도 있고, 드넓은 하늘을 높이 날아오를 수도 있어. 그런데 너는 겨우 닭이나 병아리들과 함께 땅바닥에서 살면서 멀리 날 수도 없지 않니?"

자기 꾀에 자기가 속다

어느 시골 마을에 한 농부가 살았는데, 집에서 당나귀와 양을 기르고 있었다.

당나귀는 언제나 무거운 짐을 나르고 농사일을 많이 해야 하기 때문에, 양보다는 훨씬 많고 좋은 먹이를 주었다. 그런데 양은 당나귀가 이렇게 대접을 잘 받는 것이 몹시 부럽고 샘이 났다. 그래서 양은 당나귀한테 일을 못하게 하면 주인이 자연히 자기에게 좋은 음식을 주고 잘 대접해주리라 생각했다.

어느 날, 당나귀에게 양이 이렇게 말했다.

"이봐, 당나귀. 자네는 날이면 날마다 힘겹게 짐을 나르고 집안 일만 돌보니, 아마도 편한 날이 없을 거야. 우리가 살면 얼마나 살겠나? 그러니 며칠 좀 마음 편히 쉬어보는 것이 어때?"

그러자 당나귀가 말했다.

"나도 쉬고 싶은 마음이 간절하지만, 어디 주인이 쉬게 해야지."

"물론 주인이야 쉬라고 할 턱이 있겠나? 그러니 꾀를 부리란 말이야. 나한테 아주 좋은 방법이 있네."

양이 말하자 당나귀는 반가워하며 그 방법을 물었다.

"이를테면 도랑이나 웅덩이 같은 데를 건너갈 때 그 속으로 넘어져서 다친 체하란 말이야. 그러면 자네는 한동안 편히 쉴 수 있을 거야."

양이 말했다. 당나귀도 과연 그럴 듯하다는 생각이 들어, 그 이튿날 짐을 지고 가다가 웅덩이를 보자 발을 헛디딘 것처럼 굴러 넘어졌다. 그러나 애초에 생각했던 것과는 달리, 상처를 많이 입게 되었다.

겨우 집에 돌아온 당나귀는 지칠 대로 지쳐 쓰러지고 말았다.

주인은 당나귀를 매우 아꼈으므로, 곧 의사를 불러다가 진찰하도록 했다. 의사는 주인에게 싱싱한 양의 간을 먹이면 곧 몸이 좋아질 거라고 말했다. 그러자 주인은 곧 양을 잡게 했다. 양보다는 당나귀가 훨씬 쓸모가 있는 짐승이라고 생각했기 때문이다.

내 탓이 아니야

못이 벽을 세게 찌르고 들어오자, 벽이 큰 소리로 외쳤다.

"나쁜 짓도 하지 않았는데 왜 마구 나를 찌르는 거야?"

그러자 못이 대답했다.

"내 탓이 아니야, 뒤에서 나를 세게 두드리는 망치 탓일 뿐이야."

과유불급過猶不及

소가 자기 뿔을 자랑하자 그것을 본 낙타가 부러워하며 자기도 저렇게 멋진 뿔이 있었으면 하고 바랐다. 결국 낙타는 제우스신을 찾아가 이렇게 부탁했다.

"저에게도 뿔을 하나 갖게 해주세요."

제우스는 낙타가 몸도 크고 힘이 센데도, 이에 만족하지 못하고 또 뿔을 달라고 하자 화가 나서, 뿔을 새로 달아주기는커녕 오히려 있던 귀까지 없애버렸다.

아기 원숭이 사랑법

　어미 원숭이가 새끼 두 마리를 낳게 되었다. 한 마리는 귀여웠지만, 또 한 마리는 미워서 죽을 지경이었다. 그래서 귀여운 새끼 원숭이를 언제나 가슴에 안고 이리저리 돌아다녔는데, 너무 세게 끌어안아 그만 숨이 막혀 죽어버렸다. 그러나 미움을 받고 쫓겨났던 원숭이는 홀로 조용한 곳에 가서 잘 살았다.

저는 죄가 없습니다

옛날에 밭농사를 짓고 사는 농부가 있었다.

농부가 살고 있는 곳은 항상 학과 기러기들이 많이 날아오는 마을이었으므로 밭의 곡식이 제대로 자랄 수가 없었다. 학과 기러기들이 밭에 뿌린 씨앗들을 모두 먹어치우기 때문이었다. 그래서 농부는 여러 가지로 궁리를 하다가 그물을 쳐 밭으로 날아오는 학과 기러기를 잡기로 했다.

그물을 친 다음날, 농부가 아침 일찍 밭에 나가보니 그물에 학과 기러기가 몇 마리씩 걸려 있었다. 그 가운데는 황새도 한 마리 있었다.

학과 기러기는 자기들의 죄가 있었으므로, 아예 달아날 생각을 하지 못한 채 그저 조용히 서 있었다. 그러나 황새는 슬피 울며 농부에게 간절히 애원하기 시작했다.

"농부님, 제발 한 번만 용서해주세요. 하지만 저는 낟알이라고는 한 알도 입에 대지 않았습니다. 황새는 마음씨 착하고 효성이 지극한 새로 소문나 있지 않습니까. 그리고 저는 집에 늙으신 부모님이 계셔서 돌봐드려야 합니다."

그러나 농부는 들은 척도 하지 않고 이렇게 말했다.

"그래, 좋다. 네 말이 모두 진짜라고 하자. 하지만 나는 네가 우리 밭을 망치는 도둑들을 알고 있었는데도 주인인 내게 말하지 않았으니, 마땅히 너도 그 도둑들과 함께 죽어야 한다."

물속에 비친 자화상

아주 욕심이 많은 개가 살고 있었는데, 어느 날 길을 가다가 땅에 떨어진 고기 한 덩이를 발견했다.

"이게 웬 떡이야. 그렇잖아도 배가 몹시 고팠는데, 푸짐한 점심이 되겠는걸?"

욕심쟁이 개는 이렇게 중얼거리면서 고기를 물고 자기 집으로 뛰어가기 시작했다. 그런데 집으로 가는 길목에 조그만 개울이 하나 있었다. 욕심쟁이 개는 고기를 문 채 그 개울에 놓인 다리를 건너가게 되었다.

다리 한가운데쯤 이르렀을 때, 개는 다리 아래로 흘러가는 개울물을 내려다보았다. 그런데 거기에는 자기와 똑같이 생긴 개 한 마리가 역시 입에 커다란 고기를 한 덩이 물고 있는 것이 아닌가.

물론 이것은 다리 위에서 개울물을 내려다볼 때 생긴 자신의 모습이었지만, 이 미련한 욕심쟁이 개는 그것을 알 도리가 없었다.

'저 아래에도 고기를 물고 가는 개가 있구나. 저것까지 차지한다면 오늘 저녁거리는 충분하겠다. 한번 크게 짖어서 내가 얼마나 센지 보

여준 다음 저놈이 물고 있는 고기를 차지해야지.'

　욕심쟁이 개는 이런 생각을 하고는 입을 크게 벌려 멍멍 짖었다. 그 순간 입에 물고 있던 고기가 텀벙 하고 물속으로 빠져버리고 말았다. 곧 다시 물은 잔잔해지고 그곳에 있던 개의 모습도 다시 나타났지만, 그 개도 역시 고기를 물고 있지 않았다.

인정머리 없는 나무들

깊고 숲이 울창한 산속에서 나무들이 아주 평화롭게 하루하루를 지내고 있었다.

그런데 어느 날 한 나무꾼이 찾아와 나무들에게 허리를 굽혀 매우 정중하게 인사를 하고는 말했다.

"저는 이 근처에 살고 있는 나무꾼인데, 오늘 처음 이곳으로 올라와 보았습니다. 그런데 오늘 아침 도끼 자루가 부러져서 그러니 매끈하고 튼튼한 도끼 자루를 하나만 자르도록 허락해주신다면 도끼를 쓸 때마다 고맙게 생각하겠습니다."

이 말을 들은 나무들은 나무꾼의 공손한 태도가 마음에 들어서, 곧 회의를 열고는 그에게 어떤 나무를 줄 것인지 결정했다.

드디어 도끼 자루 감으로, 다른 나무들에게 바보라고 놀림을 당하는 물푸레나무가 뽑히게 되었다.

나무꾼은 몇 번이고 고개를 숙여 고맙다고 인사한 다음, 물푸레나무로 도끼 자루를 만들었다. 그러고는 조금 전의 공손했던 태도를 싹 바꿔 닥치는 대로 나무들을 찍어 넘기기 시작했다.

그 이튿날도, 또 그 다음날도 나무꾼은 날마다 찾아와 나무들을 찍어 넘겼다.

며칠이 지나자 그렇게 많던 나무들은 대여섯 그루밖에는 남지 않게 되었다. 그러자 가운데 서 있던 늙은 참나무 하나가 옆에 있는 오리나무를 바라보며 이렇게 탄식했다.

"우리가 물푸레나무를 소중하게 여겼더라면, 함께 몇백 년이라도 평화롭게 살 수 있었을 텐데……."

허영심 많은 까마귀

어느 날, 산신령이 새들을 모두 모아놓고 이렇게 말했다.

"내가 이제 너희들 가운데 가장 아름다운 새를 한 마리 뽑아, 너희들의 왕으로 삼을 작정이다. 그러니 앞으로 열흘 뒤에 모두 이 자리에 다시 모이길 바라노라."

이 말을 들은 까마귀는 자기가 비록 아름답게 생기지는 못했지만, 왕이 되어보고 싶은 생각이 간절했다. 그래서 들판을 쏘다니며 다른 새들이 떨어뜨리고 간 깃털들을 하나하나 주워 모아 자기 몸뚱이에다 전부 꽂았다.

마침내 열흘이 지나고 새들이 산신령 앞에 다시 모이는 날이 되었다. 산신령은 모인 새들 가운데서 까마귀가 가장 아름답다고 생각했다. 왜냐하면 다른 새들에게서 빠진 깃털들로 만든 아름다운 옷을 입고 나왔기 때문이었다.

산신령이 까마귀를 왕으로 지명하자, 다른 새들은 모두 화가 머리 끝까지 치밀어 까마귀의 몸에 달려들어 각자 자기 털들을 뽑아가 버렸다. 그러자 그렇게도 아름답게 보이던 까마귀의 정체가 드러나고 말았다. 깜짝 놀란 산신령은 조금 전 까마귀를 왕으로 뽑았던 것을 취소하고 이렇게 말했다.

"너는 남의 털로 제 몸을 감추어 나를 속이려고 했구나. 그 벌로 이제 너에게 매를 때려야겠다. 여봐라, 독수리야, 이놈을 사정없이 때리도록 해라."

이렇게 해서 허영심 많은 까마귀는 왕이 되기는커녕 실컷 매만 맞고 쫓겨나게 되었다.

이곳은 정말 따뜻한 동굴이군요

바람이 몹시 부는 추운 겨울날이었다.

몸에 가시 옷만 입은 고슴도치는 너무 추워 벌벌 떨면서 겨울을 지낼 만한 집을 찾아다니고 있었다.

어느 산기슭에 이르렀을 때, 고슴도치는 햇볕이 내려 쪼이는 따뜻한 굴속에 여러 마리의 구렁이들이 똬리를 틀고 있는 것을 발견했다. 그래서 "여보세요, 구렁이님. 저는 지금 살 곳이 없어서 이렇게 떠돌아다니고 있답니다. 하루만 당신네들과 함께 지내면서 몸을 좀 녹이고 가고 싶으니 부디 재워주시기 바랍니다." 하고 말했다.

구렁이들은 마음속으로는 달갑지 않았지만, 그까짓 하루쯤이야 어떠랴 싶어, "그럼, 비좁지만 하루만 같이 지냅시다." 하고는 자리를 비켜주었다. 그러나 구렁이들은 고슴도치가 몸을 움직일 때마다 찔러대는 그 날카로운 가시 때문에 아파서 견딜 수가 없었다.

이튿날, 구렁이들은 고슴도치가 어서 떠나기만 기다렸으나, 고슴도치는 도대체 갈 생각을 하지 않는 것이었다. 그래서 참다못한 구렁이 한 마리가 이렇게 말했다.

"고슴도치님, 미안하지만 제발 오늘은 떠나주시지 않겠어요? 저희들은 당신의 그 가시 옷 때문에 아파서 견딜 수가 없습니다."

그러자 고슴도치는 태연한 얼굴로 아무렇지도 않게 대답했다.

"이곳은 정말 따뜻한 동굴이군요. 이곳에서 이번 겨울을 지낼 생각입니다. 만약 내가 싫다면 당신들이 나가서 다른 집을 찾아보세요."

어느 쪽이 맞을까?

여물을 배불리 먹고 포동포동 살이 오른 노새 한 마리가 하루는 기운이 뻗쳐 힘차게 달리면서 이렇게 외쳤다.

"우리 어머니는 아마 천리마였던 모양이야! 그러니까 내가 이렇게 힘이 세고 몸이 빠르지!"

노새는 신이 나서 한참 이리저리 뛰었다. 그러다 보니 몹시 지치고 말았다. 그러고 나자, "아이고, 숨차. 이거 원, 당나귀가 우리 아버지라는 걸 깜빡 잊고 있었네." 하고 말했다.

제비와 까마귀의 깃털

어느 날 제비와 까마귀가 깃털 때문에 싸움을 벌였다. 결국 까마귀가 이렇게 말해 말다툼이 끝나게 되었다.

"제비야, 네 깃털은 지금같이 따뜻할 때는 좋지만 겨울에는 내 것이 좋단다. 왜냐하면 몸을 따스하게 보호해주니까 말이야."

곰의 한계

곰이 자기가 사람을 얼마나 존경하고 있는지를 자랑하며 이렇게 말했다.

"나는 지금까지 죽은 사람에게 달려들어 해치고 물어뜯은 적이 한 번도 없었단다."

그러자 여우가 비아냥거리면서 말했다.

"흥, 차라리 죽은 사람을 해치는 편이 낫지. 살아 있는 사람은 가만두고 말이야."

하느님께 거짓말한 사람

어느 마을에 몹쓸 병에 걸려 앓아누운 사람이 있었다. 그러나 집이 몹시 가난하여 제대로 치료조차 받지 못하고 죽을 날만 기다리고 있었다.

어느 날, 이 사람이 지푸라기라도 잡는 심정으로, 하느님께 빌어보기로 결심했다. 몸을 깨끗이 한 뒤, 뒤뜰에 나가 무릎을 꿇은 그는 하늘을 향해 기도하기 시작했다.

"자비로우신 하느님, 만약 제 병을 낫게만 해주신다면 틀림없이 양 백 마리를 바치겠습니다."

그의 기도가 아주 간절한지라 하느님은 그의 마음을 시험해보고자 그에게 건강을 되찾아주었다.

병이 낫자, 그는 마음이 변해 하느님과의 약속을 지키려니 몹시 괴로웠다. 그래서 궁리 끝에 밀가루를 반죽해서 양 백 마리를 만든 다음 제단에 바쳤다. 밀가루로 만든 양도 엄연한 양이므로 바치기만 하면 된다는 엉뚱한 생각을 하게 된 것이다. 하지만 하느님 편에서 본다면 이것은 더할 나위 없는 큰 모욕이었다. 몹시 화가 난 하느님은 그에게 벌을 내리기로 마음먹었다.

하루는 그 사람이 자다가 꿈을 꿨는데, 하느님이 나타나 이런 말을 하는 것이었다.

"너는 잠에서 깨어나는 대로 곧 서쪽 바닷가로 가거라. 그러면 너에게 무슨 일이 일어날 것이다."

잠에서 깨어난 그는 자기가 한 일은 제대로 잘 반성해보지도 않고, "이건 틀림없이 하느님께서 나에게 복을 주시려는 거야. 지난번에 올렸던 가짜 양의 제사에 감쪽같이 속으셨나 봐." 하고 기뻐하면서 부리나케 서쪽 바닷가로 달려갔다. 그리고 그는 그곳에서 노략질하던 해적들에게 사로잡히고 말았다. 그는 해적들에게 풀어달라고 애걸을 하며, 만약 풀어주기만 하면 금화 천 냥을 주겠다고 제안했다. 그러나 해적들은 들은 체도 하지 않고, 그를 해적선에 태워서 먼 나라로 데리고 가 오천 냥에 팔아버렸다.

누가 더 머리가 좋은가?

옛날 어느 마을에 과부 한 사람이 살고 있었다. 이 과부는 아주 깔끔하고 부지런해서 그 주위에서 살림꾼으로 이름이 나 있었다. 그러나 과부는 점점 나이가 들고 늙게 되자 혼자서는 힘에 부쳐 집안일을 할 수 없게 되었다. 그래서 어린 하녀 둘을 구해서 일을 시키고 자기는 뒤에서 감독만 했다.

이 과부는 매일 닭이 울면 일어나서 날이 채 밝기도 전에, 어린 하녀들을 깨워 일을 시켰다. 이렇게 매일같이 힘든 일이 되풀이되자 어린 하녀들은 몹시 피곤해서 견딜 수가 없었다. 그래서 하녀들은 주인은 물론, 너무 일찍 일어나 주인을 깨우는 수탉까지 원망하게 되었다.

"아마도 우리 마님은 너무 늙어 망령이 났나 봐. 그러니 꼭두새벽부터 일어나 일을 시키지. 원, 이렇게 고되어서야 어떻게 남의 집 일을 한담." 하고 하녀 하나가 말하자 다른 하녀도 덩달아서 맞장구를 쳤다.

"누가 아니래, 그건 그렇다 치고, 그놈의 수탉은 왜 그렇게 일찍 일어나는 거야. 그 수탉만 없어도 훨씬 나을 텐데. 그렇게 되면 마님도 아마 해가 하늘 높이 솟아올라갈 때까지 주무실 거야."

"그럼, 우리 수탉을 죽여버리면 어떨까? 마님이 어디 갔느냐고 물으면 족제비가 물어갔다고 꾸며대지 뭐."

이리하여 두 하녀는 수탉을 죽이고 말았다. 그러나 일은 더욱 좋지 않게 되어버리고 말았다. 주인 마나님은 수탉의 울음소리를 들을 수 없게 되자 시간을 몰라 한밤중에도 자주 일어나 하녀들을 깨워 일을 시키곤 하는 것이었다.

또 하나의 어부지리

어느 시골 농가에 수탉 세 마리가 살고 있었다. 그 중에서 두 마리는 본디 싸움닭의 종자여서 서로 힘도 비슷하고 크기도 같았기 때문에 항상 만나기만 하면 싸웠다. 그런데 나머지 한 마리는 하얀 레그혼 종자의 수탉이었는데 성질도 온순하고 힘도 약해서 늘 다른 두 마리에게 쫓겨 다니기에 바빴다.

하루는 수탉 셋이 거름더미를 헤치면서 모이를 쪼고 있었는데 그곳을 서로 독차지하고 싶은 마음에 싸움이 벌어지고 말았다. 그때 힘에 부친 하얀 레그혼 수탉이 먼저 도망가게 되었다. 그러자 두 마리의 싸움닭은 저희들끼리 목숨을 걸고 서로 차고 쪼아대면서 싸웠다.

마침내 한 마리가 피투성이가 되어 죽게 되자 나머지 한 마리는 신바람이 나서 어쩔 줄을 몰랐다. 이 수탉은 너무 기분이 좋아서 지붕 꼭대기에 올라가서 홰를 치면서 소리 높이 울어대기 시작했다. 그것은 마치, "거름더미는 온통 내 차지가 되었다. 그러니 이젠 내가 닭의 왕이다!" 하고 부르짖는 것 같았다.

이때 마침 지붕 위를 날아가던 독수리 한 마리가 그 모양을 보고는,

"어쭈, 요것 봐라. 먹을 것이 제 발로 굴러 들어왔구나. 아주 먹음직스러운 수탉인걸." 하고는 입맛을 다시면서 날쌔게 수탉을 채어가지고 멀리멀리 날아가 버렸다.

　닭장 속에 숨어서 이 꼴을 보고 있던 레그혼 수탉은 그제야 슬슬 밖으로 기어나와, 서로 다투던 거름더미를 다시 헤치며 모이를 쪼아먹기 시작했다.

역지사지가 필요해

어느 날, 어떤 사람이 사자 한 마리와 길동무가 되어 세상을 두루 구경하기 위해 여행을 떠났다. 이런저런 이야기를 주고받으면서 걷다가 그들의 이야기는 사자와 사람 중 어느 쪽이 더 용맹스럽고 힘센가 하는 데에 이르게 되었다.

둘은 서로 목소리를 높이며 자기 자랑을 늘어놓기 시작했다.

"사자란 옛날부터 동물의 왕이라고 불려오고 있어. 그건 이 세상에서 사자를 당할 만한 짐승이 없기 때문이지." 하고 사자가 한껏 으스대면서 말했다.

이때 그들은 어떤 도시의 길목에 접어들고 있었는데, 거기에는 마침 사람과 사자가 서로 싸우고 있는 모습이 새겨진 비석이 서 있었다. 그런데 조각된 그림은 틀림없이 사람이 사자의 목을 누르고 있는 것으로 보였다.

사람은 그 조각을 가리키며 신이 나서 떠들어댔다.

"자, 보란 말이야. 우리네 사람이 너희들 사자의 목을 눌러 죽이고 있잖아."

이 말을 들은 사자는 어림도 없다는 듯이 고개를 흔들며 말했다.

"그건 말도 안 되는 소리야. 이건 너희들 사람이 만든 거니까 그렇지. 만약 우리 사자들이 이런 조각을 새긴다면 나는 사자의 발밑에 열 사람쯤 짓눌려 있는 조각을 만들었을 거야."

두 번 죽는 일이란?

아주 욕심 많고 사나운 독수리 한 마리가 살고 있었다. 이 독수리는 늘 높은 바위 위에 날개를 접고 가만히 앉아 사방을 두루 살피다가, 먹이가 될 만한 동물이 얼씬거리기만 하면 쏜살같이 쫓아가서 채어오곤 했다. 그래서 약하고 불쌍한 동물들은 이 독수리를 막아낼 도리가 달리 없었다.

어느 날 독수리는 아래쪽 숲 속에서 산토끼가 놀고 있는 것만을 살피느라 그만 사냥꾼이 자기에게 활을 겨누는 것을 미처 알아채지 못했다. 사냥꾼이 겨냥한 화살이 독수리의 심장을 꿰뚫었다. 그러자 독수리는 머리를 돌려, 제 가슴을 뚫은 화살을 힘없이 내려다보았다. 그런데 그것은 슬프게도 독수리의 깃털로 만든 화살이었다. 독수리는 목이 멘 채 이렇게 말했다.

"아, 참 기가 막히는구나. 우리 독수리의 깃털로 만든 화살에 내가 맞아 죽다니. 이것이 바로 두 번 죽는 것이로구나."

우등과 열등

푹푹 찌는 듯한 무더운 여름날이었다. 산속에 사는 수사슴 한 마리가 몹시 목이 말라 산 밑에 있는 연못으로 물을 마시러 내려갔다가 물에 비친 자기 그림자를 보고, 이렇게 중얼거렸다.

"참 맵시 있는 사슴인걸. 내 자랑 같지만 나는 여태까지 이렇게 멋진 사슴을 보지 못했어. 특히나 훌륭하게 뻗어 올라간 뿔은 정말 아름다워. 마치 나뭇가지처럼 머리 양쪽에 돋아나온 것이 든든하고 믿음직스러워 보이네. 그런데 이놈의 다리는 왜 이렇게 가늘고 보기 싫을까. 아무리 생각해봐도 내 다리라는 느낌이 들지 않으니 참……."

그때 연못 저 아래쪽에서 숲이 조용히 흔들리더니, 커다란 사자 한 마리가 수사슴을 노려보며 다가왔다. 수사슴은 그만 깜짝 놀라 산을 향해 도망치기 시작했다. 그래서 수사슴은 그 가늘고 보기 싫은 다리 때문에 다행스럽게도 급한 위험을 면할 수 있었다.

그런데 나무가 무성한 숲 속에 이르러, 그토록 자랑하던 그의 아름다운 뿔이 나뭇가지에 걸려서 빠지지 않는 것이었다. 그래서 그만 뒤쫓아오던 사자에게 잡아먹히고 말았다.

사자를 살린 생쥐

　햇볕 따스한 봄날, 사자 한 마리가 푸른 풀밭 위에서 곤하게 낮잠을 자고 있었다. 이때 마침 나들이를 다녀오던 생쥐 한 마리가 사자의 곁을 지나가게 되었다.

　"아이고, 이거 사자가 잠이 들었구나. 참 크기도 하네. 어디 한번 가까이 가서 구경이나 좀 해야지."

　생쥐는 이렇게 중얼거리며, 살금살금 발소리를 죽여가며 사자 앞으로 가까이 다가갔다.

　사자가 깊이 잠들어 있음을 알아차린 생쥐는 좀 더 용기를 내어 이왕이면 사자의 머리 위에까지 올라가서 사방을 제대로 구경하고 나무들에게 자랑하려고 조심조심 사자의 머리 꼭대기로 기어 올라갔다. 그렇게 해서 사자의 머리 위에 올라가니 어찌나 시원하고 기분이 좋은지 마치 왕이라도 된 듯한 기분이 들었다. 그래서 생쥐는 킁킁거리며 목소리를 가다듬어 호령을 해보고 싶었다.

　"에헴, 사자가 동물의 왕이라면 나는 왕 중의 왕이다. 여봐라, 사자야. 네 아무리 힘이 장사라지만……."

그런데 이때 생쥐는 그만 발을 헛디뎌 사자의 머리 꼭대기에서 미끄러져 곤두박질치고 말았다. 그 바람에 사자가 몸을 한 번 뒤척이더니 눈을 번쩍 뜨는 것이 아닌가?

'아이쿠, 크, 큰일 났구나.'

생쥐는 그만 아픈 것도 잊어버린 채 재빨리 도망치려 했으나 이미 때는 늦었다. "어흥!" 하고 사자는 사방이 쩡쩡 울리도록 소리를 지르면서 그 커다란 앞발을 번쩍 치켜들었다.

"사자님, 한 번만 용서해주세요. 정신이 깜박 돌았던 모양입니다. 죽을죄를 지었으니 이번 한 번만 용서해주시면 결코 은혜를 잊지 않겠습니다."

생쥐는 눈물을 뚝뚝 흘리며 손이 발이 되도록 빌었다.

사자는 그런 생쥐의 모습이 가여워서, "네 죄는 천벌을 받아 마땅하나 나는 본디 동물의 왕이라 특별히 생각해서 용서해주겠다. 그러니 다음부터는 아예 그런 짓을 하지 마라." 하고는 놓아주었다. 그러자 생쥐는 몇 번이고 계속해서 감사의 인사를 하며 사라졌다.

그런 일이 있은 뒤 몇 달이 지나서 사자는 먹이를 구하려고 어슬렁어슬렁 숲 속을 헤맸다. 그러다 그만 사냥꾼이 쳐놓은 그물에 걸리고 말았다. 사자는 그물에서 벗어나려고 갖은 애를 다 썼지만, 애를 쓰면 쓸수록 그물이 더 죄어져 마침내 꼼짝도 할 수 없게 되어버렸다.

'아, 이 산 속의 왕이 이제 여기서 죽게 되는구나.' 하고 생각하니 사자는 갑자기 슬픔이 복받쳐 올라왔다. 그래서 큰 소리로, "어흥! 어흥!" 하며 울었다. 그때 집에서 막 저녁을 먹으려던 생쥐가 사자의 울음소리를 듣게 되었다. 그것은 분명 몇 달 전에 자기를 용서해준 그 사자의 울음소리였다. 이를 금방 알아챈 생쥐는 친구들을 모아 사자가 묶여 있는 그물로 달려갔다.

"사자님, 안심하세요. 사자님을 구하려고 제가 왔습니다."

생쥐는 이렇게 사자를 안심시키고 다른 쥐들과 함께 부지런히 그물을 이빨로 갉아댔다. 그리고 마침내 사자는 묶였던 그물에서 벗어나게 되었다.

"생쥐야, 정말 너는 내가 위험할 때 나타나서 내 목숨을 살려줬구나. 고맙다 생쥐야."

사자는 고마워하며 눈물을 흘렸다. 사실 사자는 한 줌도 안 되는 조그만 생쥐가 이렇게 자기를 도와주리라고는 꿈에도 생각지 못했을 것이다.

해님이 장가들면

어느 날 온 세상을 떠들썩하게 하는 소문이 돌았다. 그 소문은 해님이 장가를 들게 되었다는 소문이었다. 이 경사스러운 이야기를 들은 온갖 새와 짐승들은 모두들 기뻐하여 만세를 부르고 야단이었다. 물속의 개구리들은 하루 종일 쉬지 않고 개굴개굴 노래를 하며 해님에게 축하를 드렸다. 그러자 늙은 두꺼비 한 마리가 앞으로 썩 나서더니 개구리들을 돌아보며 이렇게 말했다.

"여러분! 도대체 무엇이 그렇게 좋다고 온종일 개굴거리며 노래를 부른단 말이오? 하늘에 해가 하나밖에 없는 지금도 날씨가 찌는 듯이 더워서 샘이랑 연못에 물이 마를까 봐 걱정입니다. 그런데 만일 해님이 장가를 가서, 아들딸을 낳아 하늘에 해가 대여섯 개씩 뜬다면 뜨거워서 어떻게 살 작정입니까?"

이 말을 들은 개구리들은 한마디도 못하고 그만 연못 속으로 몸을 감추어버리고 말았다.

까마귀의 물 마시기

어느 무더운 여름날, 까마귀 한 마리가 몹시 목이 타서 물을 찾아 헤매다가 드디어 어느 시골집 주위에서 물통을 발견했다.

"아, 이젠 살았구나."

까마귀는 이렇게 부르짖으며 물통 곁으로 가까이 다가갔다. 그런데 물통을 들여다본 까마귀는 곧 실망하고 말았다. 왜냐하면 물통 속 깊숙이 물이 있어서 물통 가장자리에서는 아무리 목을 늘여보아도 마실 수가 없었기 때문이었다.

'어떻게 하면 이 물을 마실 수 있을까?' 하고 까마귀는 턱을 괴고는 가만히 궁리하기 시작했다. 바로 이때 아주 기발한 생각 하나가 번뜩 스치고 지나갔다.

'옳지, 그렇게 하면 먹을 수가 있겠군.' 하고 중얼거리면서 주변에 있던 돌멩이들을 주워 모아 부지런히 물통 속에 넣었다. 마침내 돌멩이들이 점점 물통 속에 쌓여가자 그에 따라 물이 차츰 위로 올라오게 되었다. 그렇게 해서 까마귀는 쉽게 물을 마실 수 있었다.

총칼보다 더 무서운 나팔

옛날 옛날에 갑이라는 나라와 을이라는 나라 사이에 큰 전쟁이 벌어지게 되었다.

서로 격렬하게 싸우다가 마침내 갑이라는 나라가 싸움에 져서 후퇴하기 시작했다. 그 바람에 많은 병사들이 을나라 병사들에게 붙잡혔는데 이들 중에 나팔수가 한 명 있었다. 나팔수는 적의 대장에게로 달려가 목숨을 살려달라고 간절히 빌었다.

"제발 저를 살려주십시오. 저는 아무 죄도 없는데, 이렇게 죽임을 당한다면 정말 억울합니다. 저는 다른 병사들처럼 총도 칼도 갖고 있지 않았을 뿐만 아니라, 당신네 군사들은 한 명도 죽인 일이 없습니다."

이 말을 들은 대장은 이렇게 말했다.

"바로 나팔을 분 것이 너의 죄다. 너는 나팔을 불어서 여러 병사들의 용기를 북돋아주지 않았느냐. 그것은 칼보다 훨씬 더 무서운 힘이 되었다. 그러니 너의 죄는 다른 병사들보다 더욱 무겁다."

딸기의 일침

석류와 사과가 서로 자기가 더 예쁘다고 말다툼을 했다. 처음에는 자기들끼리만 토닥토닥 다투었지만 차츰 목소리가 높아져 결국 이웃들이 모두 알게 되었다. 그러자 딸기가 덤불 속에서 쏙 고개를 내밀고는 말했다.

"이제 좀 그만들 하세요. 우리들이야 모두가 비슷비슷하잖아요."

개구리가 아닌 개구리

하루는 개구리가 올챙이를 만났는데, 올챙이의 꼬리를 보며 흉을 보기 시작했다.

"원 세상에, 너는 부끄럽지도 않니? 어쩜 그렇게 긴 꼬리를 가지고 있니? 내가 올챙이였을 때는 꼬리가 없었는데 말이야."

이 말을 듣자 올챙이가 말했다.

"뭐? 꼬리가 없었다고? 그럼 넌 개구리가 아니야."

호롱불이 몰랐던 것

기름을 흠뻑 빨아들인 호롱불이 제법 환하게 되자 으스대며 뽐을 내었다.

"자, 이 정도면 하늘에 떠 있는 달은 물론, 해보다도 내가 훨씬 더 밝겠지."

그때 마침 지나가던 바람이 호롱불을 혹 불어 꺼버리고 말았다. 그러자 주인이 다시 불을 켜서 호롱에 붙여주면서 이렇게 말했다.

"네가 뭐가 잘났다고 그렇게 까부는 거냐? 좀 겸손할 줄 알아라. 하늘에 떠 있는 해나 달은 결코 꺼지는 법이 없단다."

가시덤불에게 물어봐

　사냥꾼에게 쫓겨 도망가던 여우가 잘못해서 가시덤불로 뛰어들게 되었다. 그러자 가시덤불이 여우를 마구 할퀴어 온몸에 상처를 입게 되었다. 여우는 엉엉 울면서 가시덤불을 원망했다.

　"어쩌면 그렇게 인정이 없니? 난 너에게 숨어서 몸을 피할까 했는데 나를 마구 찌르다니 너무하지 않니?"

　이 말을 듣자 가시덤불은 기가 막힌다는 듯이 대답했다.

　"참, 여우님도, 원래 저는 남에게 달라붙는 성질이 있다는 걸 잘 아시잖아요. 그러면서도 덤벼든 건 분명히 당신의 잘못이지요."

생쥐가 퍼뜨린 소문

　어느 조용한 산골 마을에 이상한 소문이 떠돌았다. 그 소문은 바로 산 속에서 무슨 이상하고 요란한 소리가 들려온다는 것이었다. 마을 사람들은 모두들 큰일이 일어났을 것이라고 입을 모아 수군대면서 산 속으로 몰려갔다. 그런데 막상 가보니 생쥐 한 마리가 가랑잎 사이에서 뛰어놀고 있는 소리였다. 그러자 그 중 한 사람이 말했다.

　"소문은 원래 부풀려서 날아다니지."

우물 속의 금솥

"무엇 때문에 그렇게 우니?"

어느 날 도둑이 길을 가다가 아이가 우물가에서 넋을 놓고 엉엉 우는 것을 보고 물었다. 그러자 아이가 훌쩍거리며 대답했다.

"물을 퍼가려고 금솥을 가져왔는데, 그만 줄이 끊어져서 솥이 우물 속으로 빠져버렸어요."

욕심 많은 도둑은 그 말을 듣고 금솥이 탐이 나서 옷을 벗어 아이 옆에 두고 솥을 찾으려고 우물 아래로 내려갔다. 도둑이 우물 안으로 들어가자 아이는 얼른 도둑의 옷을 집어 들고 산속으로 도망쳤다.

도둑은 우물 안에 들어가 금솥을 찾아보았지만 아무리 찾아도 솥은 보이지 않았다. 그래서 다시 우물 밖으로 나왔는데 아이도, 자기가 벗어놓고 간 옷도 보이지 않았다.

도둑은 땅에 주저앉으면서 말했다.

"아무리 생각해도 하느님은 공평하단 말이야. 우물 안에서 금솥을 찾으려던 미련한 놈은 옷을 잃어버려도 싸지."

벌에게 침이 생긴 사연

아주 오랜 옛날에 벌들이 꿀 항아리를 여러 개 마련해서 하늘에 있는 제우스신에게 바쳤다. 꿀을 굉장히 좋아하는 제우스는 이 꿀 항아리 선물을 받고는 몹시 기뻐했다.

"참으로 기특한 벌들이로구나. 하늘에 있는 나를 잊지 않고 꿀을 갖다 주다니……. 내 특별히 너희들의 소원을 한 가지 들어줄 테니 주저하지 말고 말해보아라."

이 말을 듣자 벌들은 늘 품고 있던 소원을 풀려고 다음과 같이 간청했다.

"자비로우신 제우스 님, 감사하옵니다. 저희들은 원래 제우스 님의 지으심을 받아 세상에 태어났으나 너무나 힘이 없어 살아가기가 어렵습니다. 매일매일 꿀을 훔쳐가는 사람들 때문에 오래지 않아 모두 굶어죽게 될지도 모릅니다. 제발 그들을 물리칠 만한 무기를 하나 주시옵소서."

하지만 제우스는 이 세상에서 무엇보다도 사람을 사랑하는지라, 이 말에 그만 화가 나고 말았다. 그러나 이미 소원을 들어주기로 약속했던 터이므로, 고심한 끝에 벌들에게 침을 주기로 했다.

"이제 내가 너희들에게 침을 하나씩 주겠다. 하지만 만일 사람을 쏜
다면 너희들의 목숨도 당장에 날아갈 것이니 그리 알고 꼭 필요할 때
만 쓰도록 해라." 하고 제우스는 말했다.

여물통 속의 개

어느 시골 마을의 한 집에 조그마한 개가 살고 있었다. 그런데 이 개가 어찌나 심술궂고 사나운지 그 집의 짐승들은 모두 그 개 앞에서 꼼짝도 못했다.

하루는 이 개가 몹시 졸려서 낮잠을 자기 위해 편히 잠잘 곳을 찾아다녔다. 그러다가 드디어 좋은 잠자리를 찾아냈다. 그곳은 바로 외양간에 있는 여물통 속이었다.

개가 한참을 편안히 자고 있는데 들에 나갔던 황소들이 점심을 먹으러 들어왔다. 그 바람에 잠을 깬 사나운 개는 황소들에게 으르렁거리면서 짖기 시작했다.

"개야, 너 이 여물을 먹고 싶어서 그러니?"

황소 한 마리가 물었다.

"아니야. 난 그런 것은 못 먹어."

개가 대답했다.

"그럼 좋아. 우리는 배가 너무 고프고 피곤하니 이 풀을 좀 먹어야겠다."

"싫어, 비켜. 나는 지금 몹시 졸리니까 좀 더 자야겠어."

개는 이렇게 말하고는 다시 드러누워 버리는 것이었다.

"이런 고얀 놈이 있나, 자기가 여물을 먹지 않는다고 우리마저 못 먹게 하다니. 심통도 부릴 때 부려야지."

황소들은 커다란 뿔로 개를 들이받아 멀리 던져버렸다.

사자 가죽을 쓴 당나귀

어느 마을에 당나귀 한 마리가 살고 있었다.

그런데 이 마을은 사람이 살고 있는 집도 얼마 되지 않는 데다, 깊은 산속에 있었기 때문에 낮에도 늑대들이 마구 돌아다녔다. 그래서 당나귀는 항상 늑대들에게 잡아먹힐까 봐 걱정을 하던 끝에 하루는 좋은 꾀를 하나 생각해냈다.

그 꾀란 사자의 가죽을 쓰고 다니면 아무리 늑대라 해도 감히 자기를 잡아먹을 수는 없으리라는 것이었다. 그렇게 해서 당나귀는 사자 가죽을 얻어 쓰고는 밖을 돌아다니기 시작했다.

늑대들은 사자 가죽을 쓴 당나귀를 사자인 줄 알고 옆을 지나가기만 해도 무서워하며 슬슬 피해 달아나곤 했다.

이것을 본 당나귀는 몹시 재미있고 우습기도 해서 늑대들이 몰려다니는 산속을 일부러 어슬렁거리면서 늑대들을 놀려주었다.

그러던 어느 날, 이 당나귀는 늑대들이 자주 나타나는 어느 산골짜기에서 훌륭한 풀밭을 발견하고는 풀을 뜯어먹기 시작했다.

마침 그 근처에 숨어 있던 늑대 한 마리가 이 모양을 보고는, "참 이

상도 하지. 사자가 풀을 뜯어먹을 리는 없는데." 하면서 조심조심 풀을 뜯어먹고 있는 당나귀 쪽으로 기어갔다.

당나귀는 맛있는 풀을 배불리 뜯어먹자 자기도 모르게 그만 힝힝거리는 소리를 내고 말았다.

"그럼 그렇지. 사자가 풀을 뜯어먹을 리가 있겠어?"

당나귀의 울음소리를 들은 늑대는 그렇게 말하며 사자 가죽을 쓴 당나귀에게 달려들어 당나귀를 잡아먹고 말았다.

사자와 멧돼지의 공생법

찌는 듯이 무더운 어느 여름날 오후였다.

늑대 한 마리를 잡아 늦은 점심으로 잔뜩 배불리 먹은 사자는 목이 무척 말랐다. 그래서 물을 찾아 헤매다가 산골짜기에 있는 조그마한 개울가에 이르렀다. 그런데 그곳에는 이미 멧돼지 한 마리가 내려와서 물을 먹으려고 하던 참이었다.

"이런 버르장머리 없는 멧돼지야, 어른이 먼저 마시거든 그 다음에 물을 마셔라. 버릇없이 먼저 마시려 들지 말고!" 하며 사자는 벼락같이 소리를 질러댔다. 하지만 멧돼지도 만만치 않았으므로 사자의 말에 발끈 성을 내며, "뭐야, 이 사자 놈아! 내가 먼저 물을 찾아왔으니 당연히 먼저 먹는 것인데 웬 말이 그렇게 많으냐? 다시 한 번만 더 떠들면 네놈의 주둥이를 찢어놓고 말 테다!" 하고 소리를 질렀다.

이런 모욕을 당하자 사자는 가만히 있을 수가 없어서 마침내 멧돼지와 목숨을 걸고 싸우기 시작했다.

그때 마침 하늘을 날아가던 독수리 떼가 사자와 멧돼지의 고함소리를 듣고 그들이 싸우는 골짜기로 몰려와서 그들 중 한 놈이 죽기를 기다리며 공중을 빙빙 날아다니고 있었다.

　독수리 떼를 본 사자와 멧돼지는 더 싸우다가는 독수리의 밥이 되겠다는 생각에 언제 그랬냐는 듯이 싸움을 그치고 사이좋게 번갈아가며 물을 마셨다. 그래서 그들은 독수리 밥이 되는 것을 면할 수 있었다.

당나귀의 어이없음

주인을 위해 늘 무거운 짐을 나르다가 등이 벗겨진 당나귀 한 마리가 풀밭에서 풀을 뜯어먹고 있었다.

이때 마침 근처의 사과나무에 앉아 있던 까마귀가 이것을 보고 '당나귀 고기는 아주 맛이 좋을 거야. 마침 점심도 못 먹어 배도 출출하던 참이니 가서 실컷 쪼아 먹고 와야지.' 하고 생각하고는 날아가서 당나귀 등에 올라 앉아 그의 생살을 쪼아 먹기 시작했다.

당나귀는 너무 아팠으므로 펄쩍펄쩍 뛰면서 까마귀를 쫓으려고 애써보았지만 모두 헛일이었다. 그래서 근처에서 밭을 매고 있는 주인에게 도움을 청하려고 소리를 질렀다. 주인이 소리 한마디만 질러준다면 까마귀를 쫓을 수가 있다는 사실을 알고 있었기 때문이다.

그런데 소리를 듣고 달려온 주인은 소리를 질러 까마귀를 쫓아주기는커녕 오히려 당나귀가 펄펄 뛰고 괴로워하는 모양을 보고 재미있어 하며 손뼉까지 치며 웃는 것이 아닌가. 이것을 본 당나귀는 너무나도 슬퍼서 눈물을 뚝뚝 흘리며 한탄했다.

"아, 아까 나 혼자서 당하던 때보다 몇 배 더 고통스럽구나."

사람의 해골

이리 한 마리가 들판에서 사람의 해골을 발견하고는 앞발로 툭툭 치고, 이리저리 데굴데굴 굴리면서 말했다.

"흥, 이래도 한때는 잘났다고 뛰어다닌 적이 있었겠지? 지금은 찍 소리도 못한 채 발길에 차이면서 말이야."

'나'와 '우리'의 차이

어느 마을에 아주 사이가 좋은 두 친구가 정답게 살고 있었다. 이 두 친구는 세상을 두루 구경할 생각으로 짐을 꾸려 함께 길을 떠났다.

하루는 이 두 나그네가 숲 속 길을 걷다가 한 사람이 도끼 한 자루를 발견했다.

"아이고, 이것 봐라. 오늘 내 운수가 크게 트이나 본데."

신이 난 그는 얼른 도끼를 주웠다. 그러자 옆에 있던 친구가 기분이 언짢은 듯이 말했다.

"자네는 어쩌면 '내'라고만 한단 말인가. 그런 때는 '우리'라고 해야 하는 게 옳지 않나."

계속해서 그들은 다시 길을 걸어갔다.

그때 마침 도끼를 잃어버린 도끼 임자가 헐떡거리며 가던 길을 되돌아오다가, 도끼를 들고 오던 두 나그네와 마주쳤다. 도끼 주인은 다짜고짜로 그들의 멱살을 쥐고 도둑들이라며 싸우려고 대들었다. 그러자 도끼를 주운 사람이 친구를 돌아보며 말했다.

"야, 우리를 도둑으로 몰다니, 운수도 참 사납지 않나?"

그러자 한 친구가 손을 휘휘 내저으면서 말했다.

"여보게, 자네 무슨 말을 그렇게 하나? 운수가 좋은 듯하면 '내'라고 하고, 좋지 않은 듯하면 '우리'라고 하니 참, 세상에 그런 법이 어디 있나."

농부가 바다에 간 이야기

수평선 너머로 흰 돛단배가 오고 가는 푸른 바다에 섬은 초록빛으로 아름답게 떠 있고, 하늘엔 흰 갈매기가 너울너울 이리저리 날아다니고 있었다.

"야! 바다란 참 멋진 곳이로구나."

바닷가에 서서 물결치는 바다를 보고 있던 농부 한 사람이 탄성을 지르며 말했다.

'여태까지 비가 오나 눈이 오나 매일 밭에 나가서 일을 해왔지만, 내가 해온 일이란 정말 멋없고 지겨운 일이었어. 바다야말로 상쾌하고 멋진 곳이야. 나도 농사일을 그만두고 농구를 팔아서 배를 사야지. 근사한 배를 타고 다니면서 장사를 다니는 게 훨씬 낫겠어!'

이렇게 생각한 농부는 곧 귀중한 농사 기구와 소와 말까지 팔아서 배를 샀다. 그 배에다 동네에서 나는 감을 사서 싣고 이웃나라로 팔러 갔다.

그런데 이 농부가 바다 한복판에 이르렀을 때 별안간 폭풍이 일기 시작했다. 성난 물결에 배가 금방 뒤집어질 것 같았다.

농부는 큰일 났다 싶어서 배에 가득 실은 감을 바다에 전부 쏟아버리고 간신히 항구까지 되돌아왔다.

한참 지난 뒤 바다는 다시 잔잔해졌다. 농부는 잔잔해진 바다를 쳐다보며 화난 얼굴로 지껄였다.

"못돼먹은 바다야! 이번엔 내 감을 모조리 네게 주었지만 잔잔해졌다고 내가 또다시 속을 줄 아느냐? 어림도 없는 수작이지. 암, 그렇고말고. 어림도 없어!"

광에 들어간 여우

비쩍 마른 여우 한 마리가 몹시 배가 고파 먹을 것을 찾으러 헤매고 있었다. 어슬렁거리며 동구 밖을 지나던 여우는 어떤 외딴집의 광을 발견했다.

그 광에는 구멍이 하나 뚫려 있었는데, 여우가 겨우 기어들어갈 수 있을 만한 크기였다.

"이거 참 잘됐는데." 하며 여우는 광 속으로 기어들어갔다.

광 속에는 밀이 산더미같이 쌓여 있었다.

"이게 웬 횡재야?"

여우는 기뻐하며 배가 고프던 참에 마구 밀을 먹어댔다.

한참 동안 잔뜩 먹고 나서 광을 나오려고 처음 들어갔던 구멍으로 다시 머리를 디밀었는데 이게 어찌된 일인가? 아까는 몸뚱이가 금방 쑥 들어갔는데 지금은 도무지 들어가지지를 않았다. 너무 많이 먹어서 배가 산처럼 불러 올랐기 때문이었다.

여우는 머리만 겨우 내놓고 눈을 껌벅껌벅하며 나오려고 무척 애를 썼지만 아무리 해도 몸이 빠지지 않았다.

때마침 그 앞을 지나가던 족제비가 이 꼴을 보고 웃음이 터져 나오려는 것을 억지로 참으면서 이렇게 놀려댔다.

"여우님, 여우님. 그 구멍에서 나오시려면 어떻게 해야 하는지 가르쳐 드릴까요? 도로 비쩍 말라야 한답니다."

방심하면 먹힌다

사슴이 사냥꾼에게 쫓겨 험한 산길을 허둥지둥 달려가고 있었다.

사냥꾼이 어찌나 빨리 따라오는지 이제 곧 붙잡힐 듯 위험한 지경에 빠지게 되었다. 마침 사슴은 포도 덩굴이 있는 것을 보고 그 속에 얼른 뛰어들어가 살짝 숨었다.

사냥꾼이 가고 나자 사슴은 휴우 하고 숨을 몰아쉬며, "너무 아슬아슬했어." 하면서 좋아했다. 그러고는 포도 덩굴의 보드라운 잎들을 아삭아삭 맛있게 뜯어먹었다.

사냥꾼은 아무리 달려가도 사슴을 찾을 수 없었으므로 가던 길을 되돌아왔다. 그런데 포도 덩굴이 있는 곳을 지나려니 아삭아삭하는 소리가 들려왔다.

"흠, 이 속에 무슨 짐승이 숨어 있나 본데……."

사냥꾼이 포도 덩굴을 헤쳐보니 방금 놓친 사슴이 거기에 숨어 있는 것이 아닌가? 사냥꾼은 어렵지 않게 사슴을 붙잡아 밧줄로 꽁꽁 묶어버렸다.

"아! 내가 도망치다 숨었을 때 내 목숨을 살려준 포도 잎을 은혜도 모르고 뜯어먹어서 이런 벌을 받게 되었구나. 이젠 후회해도 소용이 없겠지. 아, 이 일을 어쩌면 좋단 말이냐."

사슴은 밧줄에 꽁꽁 묶인 자신을 내려다보며 앞일을 생각하고는 눈물을 흘렸다.

목동과 사자의 인연

어느 날 동이 틀 무렵, 깊은 산속에 있는 목장에 사자 한 마리가 다리를 절뚝거리며 찾아왔다.

"아이쿠! 사자가 나타났다!"

목동은 사자를 보자마자 양떼를 지킬 생각은 하지 않고 혼자서 도망을 치려고 했다.

그때 사자는 양을 잡아먹으려 하지도 않고 목동 앞에 가만히 엎드려 앉더니, 한 발을 치켜들고는 도와달라는 듯 목동의 얼굴을 물끄러미 쳐다보았다.

목동은 너무 무서워서 몸을 와들와들 떨며 사자를 바라보았다. 그런데 사자의 치켜든 발을 보니 뜻밖에도 발가락 사이에 커다란 가시가 찔려 있고 붉은 피가 뚝뚝 떨어지고 있었다.

"음! 그래서 찾아온 것이로구나. 얌전히 있어. 내가 가시를 빼줄게."

마음씨 고운 목동은 지금까지 무서워하던 생각은 잊어버리고 사자의 한 발을 제 무릎에 올려놓고는 힘껏 그 큰 가시를 뽑아내고 정성껏 약까지 발라주었다.

사자는 가시를 빼자 갑자기 일어나서는 목동에게 고맙다는 뜻으로 몇 번이나 뒤를 돌아보더니 산속으로 돌아갔다.

양치는 목동은 사자가 돌아가는 모습을 멀리 바라보면서, "정말 잘된 일이야. 양들도 아무 일 없고, 사자도 가시를 빼고 돌아갔으니……." 하며 흐뭇해했다.

이런 일이 있은 지 얼마 되지 않아, 임금이 이 산속에 와서 사냥을 하게 되었다. 그런데 가엾게도 전에 목동에게 와서 가시를 뽑고 간 그 사자가 다른 사자와 함께 임금에게 붙잡혀서 대궐로 끌려가게 되었다. 그때 목동도 어떤 사람의 거짓 고자질로 큰 죄의 누명을 쓰고 억울하게 옥에 갇혀 있게 되었다.

그런데 이 나라의 법률에는 죄가 아주 큰 사람은 누구나 사나운 짐승과 싸우게 되어 있어서, 이 목동도 그 법률에 따라야만 했다.

드디어 죄인과 사나운 짐승이 싸우는 날이 되었다. 왕과 수많은 사람들이 넓은 궁전 뜰에 모여들었다. 궁전 뜰 한가운데에는 쇠창살로 된 커다란 사자우리가 놓여 있었다.

굶주린 사자는 붉은 눈을 번뜩이며 발톱을 곧추세우고는 금방이라도 물어뜯을 듯이 으르렁거리고 있었다.

이윽고 목동이 무거운 쇠사슬에 얽매인 채 끌려나왔다. 과연 눈앞에 어떤 광경이 벌어질까 하고 사람들은 가슴을 두근거리며 숨을 죽이고 기다리고 있었다.

마침내 관리들은 사자우리의 문을 열고 목동을 그 안으로 밀어 넣었다. 사자는 으르렁거리며 달려들어 그 날카로운 발톱으로 목동을 끌어 내동댕이치려고 하다가 갑자기 동작을 멈추었다. 그러더니 고개를 숙이고 마치 얌전한 고양이가 주인을 반기며 어리광을 부리듯 목동에게 몸을 기대며 비벼대는 것이었다.

"오! 바로 너로구나, 무사히 살아 있으니 참으로 다행이다."

목동도 뜻밖의 일에 반가운 나머지 기쁨의 소리를 지르며 사자의 목덜미를 끌어안고 볼을 비벼댔다.

동물의 왕으로 떠받들어지는 사자의 눈에서 굵은 눈물방울이 뚝뚝 흘러내렸다.

임금과 신하들, 그리고 구경꾼들은 이 뜻밖의 광경을 보고는 사람이 죽지 않게 된 것을 기뻐하는 한편, 어떤 까닭으로 사자가 사람을 죽이려 하지 않는지 무척 궁금해했다. 그때 한 신하가 목동에게 다가가 그 까닭을 임금에게 아뢰라고 말했다.

목동은 그제야 지난날 사자와 친하게 된 사연을 이야기하고 나서 임금님에게 이렇게 말했다.

"모든 사람이 두려워하는 사자도 은혜를 잊지 않는 착하고 아름다운 마음씨를 가지고 있습니다. 말 못하는 짐승도 그러한데 하물며 같은 사람들끼리 없는 죄를 씌워서 옥에 가두고 못살게 하다니 참으로 짐승만도 못한 것 같습니다."

목동이 죄도 없이 옥에 갇힌 자신의 사연을 밝히자 임금님은 "목동을 풀어주어라. 그리고 저 사자도 산속으로 돌려보내도록 해라." 하고 명령을 내렸다.

그곳에 모인 사람들 전부가 마음속에서부터 우러나오는 감동의 환성을 지르며 축복을 해주었다.

목동과 사자는 산기슭 목장으로 돌아가 푸른 풀밭에서 양을 지키며 정답게 잘 살았다.

목숨이 걸린 일

늦은 사냥개가 토끼 한 마리를 덤불에서 몰아내고 한참 동안 쫓아 갔지만 결국엔 놓치고 말았다. 이 모양을 지켜보던 주인이 사냥개를 꾸짖듯 한마디 했다.

"어째서 너는 그렇게 조그만 토끼도 못 쫓는단 말이냐?"

그러자 사냥개는 이렇게 대답했다.

"그건 모르시는 말씀입니다. 저야 남이 시키는 일이니까 마지못해 잡으려는 것이지만, 토끼야 제 목숨이 걸린 일이니 그렇게 잘 뛸 수밖에 없지요."

심리전

어느 날 여우가 먹이를 구하러 산으로 들로 열심히 뛰어다니다가 닭 한 마리를 발견하게 되었다. "이거 잘 만났군." 하고 덥석 달려들자 닭은 푸드덕 날아서 나뭇가지에 올라앉았다.

"높은 데로 피해버렸으니 이제는 속임수로 잡아먹을 수밖에 없지."

여우는 중얼거리며 그 나무 아래로 다가가서 말했다.

"닭님, 닭님은 아직도 모르고 계시죠? 얼마 전 모든 짐승들이 서로 싸우지 않고 사이좋게 지내기로 약속이 되어서 지금은 평화스럽게 살 수 있게 되었답니다. 닭님한테는 그동안 만나지 못해서 소식을 전할 수가 없었어요. 그래서 일부러 찾아온 거랍니다."

"아, 그래요? 나는 전혀 모르고 있었군요. 그렇게 평화스러운 세상이 되었다니 정말 반가운 일이에요."

닭이 여우를 내려다보며 말했다. 그러자 여우는 좀 더 정다운 미소를 지으면서 말했다.

"그렇게 됐으니 이제 나무 위에만 올라가 앉아 있을 게 아니라 이 아래로 내려오시구려. 내 비밀히 이야기해드릴 것도 있으니……."

갖은 말로 꾀었지만 닭은 여우를 거들떠보지도 않고 나무에서 내려오지 않을 뿐만 아니라 무엇을 찾는 듯이 사방을 두리번거렸다.

"아니, 도대체 닭님은 무얼 찾느라고 그렇게 두리번거리며 먼 곳만 바라보고 계시오?"

여우가 궁금해서 물었다. 그러자 닭은 여전히 먼 곳을 바라본 채로 이렇게 대답했다.

"저쪽에서 사냥개들이 여러 마리 뛰어오고 있소. 아마 당신이나 내게 무슨 볼일이 있나 보오."

이 말을 들은 여우는 갑자기 눈이 둥그레지더니, "아이고! 이를 어쩌나. 개한테 물리기라도 하면 큰일인데." 하며 허둥지둥 달아났다.

"여우님, 가지 마세요. 아까 이야기했던 대로 짐승들끼리 평화롭게 살게 됐으니, 개들이 와도 정답게 이야기하고 놀 수 있을 것 아녜요?"

그러나 여우는 개가 온다는 말에 겁을 잔뜩 먹고는, "그 못돼먹은 개들이 우리들 세상에서 약속한 것도 모르고 덤빌지 알 수 없거든. 괜히 여기 있다가 큰일 나겠네." 하고는 어디론지 자취를 감추어버렸다.

소금과 콩의 차이

어느 마을에 꾀 많은 당나귀가 살고 있었다.

하루는 주인이 먼 바닷가로 가서 소금을 잔뜩 사서는 당나귀의 등에 싣고 장으로 팔러갔다.

마침 가는 길에 작은 강을 건너게 되었다. 당나귀는 짐이 워낙 무겁고 먼 길을 걸었으므로 몸이 무척 피곤했다. 그래서 강을 건너다가 그만 잘못해서 깊은 물속으로 빠지고 말았다. 그런데 금방 일어났는데도 소금이 많이 녹아 짐이 훨씬 가벼워진 게 아닌가?

당나귀는 걷는 데 한결 힘이 덜 들었다. 그래서 '좀 더 오랫동안 물속에 넘어져 있을걸.' 하고 후회했다.

장에 이르자, 주인은 소금을 팔고 그 대신 콩을 사서 낭나귀의 등에 실었다. 그러나 아까 소금처럼 그렇게 무거운 짐은 아니었다. 그러나 이 꾀 많은 당나귀는 더 편하게 가고 싶어서 아까 건넜던 강이 다시 나타나기만 기다렸다.

마침내 그 작은 강에 도착하게 되었다.

'이번에는 좀 더 오랫동안 넘어져 있어야지.'

당나귀는 이렇게 생각하며 강을 건너다가 일부러 실수하는 척하며 넘어졌다. 그러고는 주인이 채찍을 들어 때릴 때까지 되도록 오랫동안 그대로 앉아 있었다.

"어서 일어나! 이놈의 당나귀야!"

주인의 채찍과 호령을 한바탕 듣고서야 당나귀는 슬금슬금 몸을 일으켰다.

그런데 이게 어찌 된 일인가. 더 가벼워졌을 것이라고 생각했던 짐이 훨씬 무거워져 있었다. 당나귀는 콩이 물에 젖으면 퉁퉁 불어난다는 것을 까맣게 모르고 있었던 것이다.

주인은 담배를 붙여 물며, 무거워서 잘 걷지도 못하는 당나귀에게 마구 채찍질을 하면서 이렇게 꾸짖었다.

"흥, 이 어리석은 놈의 당나귀야. 네 꾀에 네가 넘어가고 말았구나."

여우를 살린 한마디

어느 날 사자가 감기에 걸려서 심하게 앓고 있었다. 그래서 양과 늑대와 여우가 사자에게 병문안을 갔다. 사자는 간신히 몸을 추스르며 세 동물들의 인사를 받았다. 그러고는 우선 양에게 물었다.

"몸이 아파서 양치질을 오랫동안 하지 못했는데 혹시 내 입에서 무슨 냄새가 나지 않니?"

양은 원래 거짓말을 할 줄 모르는 동물이라, "네, 좀 퀴퀴한 냄새가 납니다." 하고 솔직하게 대답했다. 그러자 사자는, "이런 돼먹지 못한 놈이 있나. 어른에게 함부로 냄새가 난다고 하다니." 하면서 양의 머리채를 덥석 물어 죽였다.

다음엔 늑대에게 물으니 늑대는, "아무 냄새도 나지 않습니다." 하고 대답하자, 이번에는 늑대를 비겁하게 아첨하는 놈이라며 찢어 죽여버렸다.

마지막으로 여우에게 물었다. 그러자 여우는 '캥캥' 기침을 하며, "저도 마침 감기에 걸려서 대왕님처럼 전혀 냄새를 맡지 못합니다. 정말 죄송하옵니다." 하고 대답했다.

지혜를 이긴 지혜

하루는 여우 한 마리가 배가 몹시 고파 마을로 닭을 잡아먹으려고 내려갔다. 그런데 그만 잘못해서 꼬리가 덫에 걸려버리고 말았다.

갖은 애를 쓴 끝에 겨우 빠져나오기는 했지만 꼬리가 몽땅 잘려버렸다. 여우는 친구들이나 다른 짐승들에게 꼬리 없는 녀석이라고 놀림 당할 생각을 하니 너무 속이 상해, 몇 번이나 죽어버리려고까지 생각했다.

그러나 워낙 머리가 좋고 꾀가 많은 여우인지라, 마음을 고쳐먹고 친구들을 꾀어 꼬리를 자르는 것이 훨씬 좋다고 설득하기로 했다. 그래서 어느 날 여우 무리들을 한 곳에 모아놓고 그럴 듯하게 연설을 했다.

"여러분, 우리가 달고 있는 꼬리는 실제로는 아무짝에도 쓸모가 없는 물건입니다. 길게 늘어져 불편하기만 하고 우리의 자유로운 행동을 굉장히 방해하지요. 그러니 여러분께서도 꼬리를 잘라버리십시오. 저도 처음에는 무척 망설였지만 이렇게 자르고 보니 얼마나 시원하고 가뿐한지 모르겠습니다. 조금도 주저하지 마시고 한시 바삐 그 거추장스러운 꼬리를 잘라버리십시오."

이 연설을 듣고 난 여우들은 모두들 그럴 듯하게 여겨 자기의 긴 꼬리를 내려다보았다. 바로 그때 늙수그레한 여우가 일어서더니 꼬리 없는 여우에게 말했다.

"에헴, 내가 자네처럼 꼬리를 잃었더라면 자네의 의견에 흔쾌히 찬성하겠네. 하지만 아직 꼬리가 멀쩡하니 나는 절대 안 자르겠네. 원, 이렇게 탐스럽고 멋진 꼬리를 왜 쓸데없이 자른단 말인가?"

이 말을 듣자 모였던 여우들은 모두 꼬리를 신나게 휘저으며 꼬리 없는 여우만 남겨놓고 모두 숲 속으로 사라져버렸다.

자만심과 자존심

어느 부자가 생일을 맞아 여러 친구와 친척들을 저녁식사에 초대했다. 그러자 그 집에서 기르는 개도 자기 친구를 초대했다.

"여보게 발발이, 오늘 우리 집에 큰 잔치가 있으니 자네도 와서 저녁이나 같이 먹게."

초대받은 개는 저녁 무렵에 일찌감치 부잣집으로 찾아갔다. 가서 보니 정말 먹음직스러운 음식들이 푸짐하게 차려져 있는 것을 보고는 속으로 무척 기뻐하며 이렇게 생각했다.

'참 재수가 좋은 날이군. 이런 잔치는 난생 처음인걸. 정신을 차리고 맛있는 것으로만 실컷 먹어둬야지. 내일은 집에서 주는 보리밥 따위를 안 먹어도 괜찮게 말이야.'

그러고는 자기를 초대해준 주인집 개에게 고맙다는 뜻을 나타내려고 꼬리를 살랑살랑 흔들었다. 그러자 상을 차리고 있던 하녀가 꼬리를 흔드는 개를 보고는 부리나케 달려와서 앞 뒷발을 움켜잡아 문밖으로 던져버리고 말았다.

철퍼덕 땅에 떨어진 개는 깨갱거리며 소리 높이 짖었다. 그러자 친구 개들이 깨갱거리는 소리를 듣고는 우르르 몰려들었다. 그러고는 어떤 음식을 얻어먹었느냐고 물었다. 개는 억지로 웃음을 지으면서 말했다.

"정말 오늘처럼 잘 얻어먹은 날은 없어. 어찌나 술을 많이 마셨던지 어떻게 해서 밖으로 나왔는지도 잘 생각나지 않는걸."

정신을 차리지 않으면?

사슴 한 마리가 사냥개에게 쫓겨 허둥지둥 도망을 치다가 어느 산 속 마을에 이르렀는데 그만 더 이상 오도 가도 못하게 되고 말았다.

놀란 사슴은 가까운 어느 농부의 집 안마당으로 뛰어 들어가 외양 간에 급히 몸을 숨겼다.

이때 여물을 되새김질하던 황소가 허겁지겁 뛰어드는 사슴을 보고 타일렀다.

"쯧쯧, 어쩌자고 너는 제 발로 이런 위험한 곳에 뛰어든단 말이냐? 사람이 너를 보면 가만 둘 줄 아느냐?"

"당신만 나를 불쌍히 여겨 그냥 두시면, 틈을 타서 곧 다른 곳으로 달아나겠습니다."

사슴은 도움을 청했다.

이윽고 서산에 해가 걸리고 어두워지기 시작하자 머슴이 소를 몰고 외양간으로 들어왔다. 그러나 다행히 그는 사슴을 발견하지 못하고 돌아갔다. 얼마 후 하인이 쇠죽을 주려고 외양간으로 들어왔으나 그 역시 사슴을 보지 못했다.

사슴은 마음이 놓여 휴우! 한숨을 내쉬었다. 그러고는 황소에게 고개를 숙여 "이렇게 숨겨주셔서 감사합니다. 황소님의 은혜는 평생토록 잊지 않겠습니다." 하며 고맙다는 인사를 했다. 그러나 황소는 머리를 내저으며 일러주었다.

"아직은 마음을 놓을 수 없다. 우리는 네가 무사히 이곳을 빠져나가기를 바라지만, 그건 결코 쉽지 않을 거야. 이 집엔 아주 무서운 사람이 있는데, 만일 그가 오면 숨어 있기가 힘들 거야."

이런 말을 주고받고 있을 때 식사를 마친 주인이 가축을 보살피러 들어왔다. 그는 여물통을 둘러보며, "아니, 이거 왜 짚이 요것뿐이야. 여물을 좀 더 넉넉히 주어야지. 도대체 머슴 녀석들이 일하는 것이 마음에 들지 않는다니까. 이것 좀 봐, 도대체 외양간의 거미줄도 안 걷는 모양이야." 하고 잔소리를 늘어놓으며 이 구석 저 구석을 살피고 다녔다. 그러다가 짚더미 속에서 쑥 내민 사슴의 뿔을 보았다.

주인은 머슴들을 전부 불러 모아 사슴의 뿔을 가리키면서 어서 잡으라고 명령했다.

임금님을 공격한 매

사람들은 대부분 살아가면서 이렇게 할걸, 저렇게 할걸 하고 후회할 때도 많지만, 그래도 최선을 다했다고 자위하면서 살아가고 있다. 또한 지금에 만족하고 싶지 않은 마음과, 같은 실수를 되풀이하고 싶지 않은 마음이 있어서 자신이 서투르거나 틀렸다고 생각해 낙담하기도 한다.

하지만 그런 것들로부터 많은 것을 배우며 복잡한 사회를 살아가는 지혜와 힘을 기른다. 이때 중요한 것은 마음의 균형이다. 자신을 긍정하는 마음과 부정하는 마음이 알맞게 균형을 이루어야 한다는 뜻이다.

어떤 균형이 가장 좋은지는 알 수 없지만 적어도 부정하는 마음이 더 앞서서 절반을 넘어버리면 살기가 고달파지고, 반대로 긍정하는 마음이 너무 많으면 자존심이 지나쳐 오만으로 이어질 수도 있다. 그 적당한 비율을 늘 유지한다는 것은 매우 어려운 일이다.

어떤 곳에 무척 친근하고 대중적인 왕이 있었다. 왕이라면 보통 성 안에서 안하무인으로 행동하고 신하를 벌레처럼 다룰 것이라고 생각하지만 이 왕은 그러지 않고, 혼자 적극적으로 거리에 나가 사람들과 흉허물 없이 애기를 나눴으며 직접 백성의 마음을 파악해 이를 정치에 활용하고자 노력했다.

실제로 이 왕은 자주 거리에 나갔기 때문에 나름대로 인기도 높았는데, 간혹 어린아이들 중에는 왕을 무척 화려한 옷을 입은 이상한 아저씨로 생각하는 아이도 있었다. 아무튼 이 왕은 내심 자기만큼 마음이 넓은 왕은 세상 어디를 찾아봐도 없을 것이라고 자부하고 있었다.

그런 그가 하루는 여느 때처럼 혼자 거리를 산책하고 있는데 광장에 매부리가 있는 것이 눈에 띄었다. 매부리란 매를 훈련시켜 사냥을 하는 사냥꾼을 가리키는 말로 고도의 숙련이 요구되기 때문에 이 지방에서는 존경의 대상이 되고 있었다.

하지만 실은 이 남자는 아직 견습 중인데도 불구하고 사람들에게 자랑하고 싶어서 매부리의 허가도 받지 않고 훈련 중인 매를 데리고 거리에 나온 것이다. 훈련 중인 매를 사람 앞에 내보내는 것은 위험해서 금지되어 있는데, 아니나 다를까 흥분한 매는 깃털 장식이 달린 모자를 쓴 왕이 다가오자 사냥감으로 착각해 왕을 공격하고 말았다.

사람의 운명은 종종 자신이 미리 그려둔 시나리오에서 벗어나는 일이 일어난 뒤에야 진정한 자신의 모습을 그리기 시작한다.

송곳니를 써야 할 때를 위해

하루는 멧돼지가 나무에다 부지런히 송곳니를 갈고 있었다.

지나가던 여우가 이 모양을 보고 물었다.

"멧돼지야, 너는 왜 그렇게 이만 갈고 있니? 지금은 사냥꾼도 없고 사냥개도 얼씬거리지 않는데 무슨 걱정이 있어서 그러니?"

그러자 멧돼지가 대답했다.

"네 말도 일리는 있지만 갑자기 송곳니를 써야 할 때가 생기면 어떡하니? 일찌감치 준비를 해두어야지."

흙 항아리와 구리 항아리

흙으로 만든 항아리와 구리로 만든 항아리가 넓은 강물에 둥둥 떠 내려가고 있었다.

구리로 만든 항아리가 흙으로 만든 항아리에게 친구가 되어 나란히 함께 가자고 제안을 하자 흙으로 만든 항아리가 말했다.

"말은 정말 고맙지만, 나는 당신이 멀찌감치 떨어져 있어야 마음이 놓입니다. 만약 당신이 가까이 다가온다면 나는 금방 깨져버리고 말 테니까요."

여우의 얼룩점 자랑

하루는 표범과 여우가 우연히 길에서 만나게 되었다. 그러고는 누가 더 잘났는지 뽐내며 말다툼을 하기 시작했다.

"내 가죽을 좀 봐라. 알록달록한 무늬가 얼마나 멋진가!"

표범이 이렇게 말하며 어깨를 으쓱이자, 여우가 입을 삐죽 내밀며 대꾸했다.

"흥, 그까짓 가죽에 있는 얼룩점이 무슨 자랑거리람. 마음에 있는 얼룩점이 많아야지. 내 심장엔 얼룩점이 얼마나 많은데……."

늑대는 늑대일 뿐

'뭐 좋은 방법이 없을까?'

어느 날 늑대는 자신의 노력에 비해 결실이 적어지자, 온갖 꾀를 내기 시작했다.

아무리 애써도 고작 토끼나 너구리 한 마리가 걸려드는 것이 다인지라 이젠 그런 시시한 사냥은 그만하고 뭔가 큰 먹잇감을 얻고 싶었다. 그 중에서도 가장 맛있는 양고기를, 그것도 한꺼번에 듬뿍 손에 넣을 수 있는 방법이 없을까 하고 생각했다. 뭐니 뭐니 해도 양고기는 늑대에게 최고의 먹잇감이었기 때문이다.

하지만 그것이 그렇게 간단한 일이 아니었다. 그래서 필사적으로 노력하기로 했다. 그렇게 여러 가지로 고심한 끝에 마침내 늑대에게 굉장한 묘안이 떠올랐다. 그것은 바로 자신이 양치기로 변장을 하는 것이었다. 그렇게만 된다면 양떼를 통째로 빼앗아버리는 것은 식은 죽 먹기일 것 같았다.

자기가 아니면 아무도 감히 이런 생각을 하지 못할 것이라고 생각하니 더욱 짜릿한 희열감이 온몸을 휘감았다. 더구나 보기만 해도 분

노와 공포로 몸이 떨리는 양치기로 가장한다는 것은 너무도 멋진 일이 아닌가.

늑대는 마음을 단단히 먹고 일에 착수했다. 그런데 그런 기발한 생각까지는 좋았지만 막상 실행을 하려니 보통 어려운 일이 아니었다. 우선 키가 문제였다. 그래서 한번 시험 삼아 뒷다리로 서보니 거의 키가 양치기와 비슷했다. 안도의 숨을 내쉬었지만 곧바로 다른 걱정거리가 눈앞을 스쳤다. 바로 늑대의 온몸을 덮고 있는 털이었다. 이것을 가리지 않으면 아무것도 할 수가 없었다.

하루 온종일 고심하고 있는데 문득 언젠가 양치기가 입었던 가죽옷이 생각났다. 긴 코트이므로 그것을 입으면 온몸을 가릴 것이니 안성맞춤일 것 같았다.

다음으로 문제가 되는 것은 바로 얼굴이었다. 인간과 늑대는 무엇보다 생김새가 전혀 다르다. 그렇다고 얼굴을 전부 가릴 수도 없었다. 마침 인간이 자주 쓰는 모자가 생각났다.

'좀 큼직한 모자를 쓰면 얼굴을 전부 가릴 수 있지 않을까? 그래, 됐어. 모자를 구하러 가자.'

늑대는 모자를 쓰고 고개를 약간 숙이기로 했다. 그러면 안심할 수 있을 것 같았다. 여러 모로 시험해본 결과, 챙이 큰 모자를 쓰고 고개를 살짝 숙이기만 하면, 그럭저럭 얼굴이 거의 보이지 않는다는 것을 알았다. 늑대는 그래도 미심쩍어서 꽃을 엮어 모자를 장식하기로 했다. 꽃에 정신을 빼앗기면 얼굴이나 외모를 돌볼 사이가 없을 것 같았다. 또 지팡이에도 장식을 해주기로 했다. 이렇게 상대의 시선을 분산시키기 위해 이런저런 방법을 동원하기로 했다.

하나 둘 문제가 해결되어 가니 늑대는 모든 산천초목이 자기를 도와주고 있는 것 같아서 기분이 매우 좋았다. 언젠가 잠자는 어린 양치기를 공격해서 해치운 적이 있는데, 그때 양치기가 가지고 있던 양치기도구를 버리지 않고 있었던 것도 도움이 되었다.

이렇게 해서 늑대는 어느 한 곳 나무랄 데 없는 차림을 하고 드디어 양들이 풀을 뜯어먹고 있는 목장으로 갔다. 가는 길에 근처 밭에서 한 농부가 들일을 하고 있었다. 잘됐다 싶어서 과연 농부의 눈에 자기가 양치기로 보이는지 시험해보기로 했다. 그래서 농부 앞을 지나가며 머리에 쓴 모자를 살짝 벗겨서 농부의 눈치를 살펴보니 농부는 자기가 늑대인지 전혀 눈치 채지 못하는 것 같았다.

이제 완전히 자신감에 사로잡힌 늑대는 양떼가 무리지어 있는 풀밭으로 들어갔다. 마침 미리 예상한 대로 양치기가 점심을 먹을 무렵이었다. 통통하게 살이 오른 먹음직스러운 양을 보니, 자기도 모르게 침이 꼴깍 넘어갔다. 그래서 당장 덤벼들고 싶은 것을 필사적으로 참으며 조심하고 또 조심하면서 조금씩 양떼에게 다가갔다.

늑대는 먼저 지팡이를 사용하여 양을 유인하기 시작했다. 그런데 놀랍게도 양들은 얌전하게 지시한 대로 다 같이 걷기 시작하는 것이 아닌가? 스스로도 마치 무언가에 홀린 것 같은 기분이었다. 늑대는 침착하게 양들을 몰고 바삐 풀밭을 빠져나와 점점 골짜기의 막다른 곳으로 양떼를 몰고 갔다.

그런데 이제 왼쪽으로 돌기만 하면 바로 늑대 자신이 원하는 장소가 나오는 직전에서였다. 바로 그 지점에서 양들이 갑자기 제멋대로 오른쪽으로 돌기 시작했다. 여기서 놓쳐버리면 지금까지의 수고는 모두 물거품이 되는 것이다. 당황한 늑대는 허둥지둥하며 양치기가 그럴 때 하는 것처럼 크게 소리쳐 양을 불렀으나 아뿔싸! 그 목소리는 바로 늑대가 울부짖는 소리였다.

친구와 적 사이

　개가 토끼를 몰아서 꼭 붙잡고, 물기도 하고, 꼬리를 흔들며 핥기도
했다. 그러자 토끼가 이렇게 물었다.

　"당신은 내게 친구입니까, 적입니까. 친구라면 물지 않을 것이고, 적
이라면 꼬리를 흔들지 않을 텐데 말입니다."

엄마 게의 착각

엄마 게가 새끼 게들이 걷는 모습을 보고는 말했다.

"아가들아, 너희들은 왜 그렇게 보기 싫게 옆으로만 걷니? 예쁘게 걷고 싶으면 똑바로 앞을 보고 걸어야 한단다."

"엄마도 똑바로 걷지 않잖아요."

"아니, 애들이 여태 무엇을 보았담? 자, 이번에는 정신 차리고 똑똑히 잘 보도록 해라."

이렇게 말하고 난 엄마 게는 새끼 게들 앞에서 한바탕 걷는 연습을 해보였다. 그러나 역시 새끼들처럼 옆으로 걷는 것이었다. 태어날 때부터 그렇게 태어났으니 바꿀 수가 없는 것이다.

들통난 속임수

　이리가 보리밭 이랑에서 나오다가 말을 만났다. 이리는 말과 아주 친한 친구나 되는 듯이 다정하게 말했다.

　"여보게, 어서 보리밭으로 들어오게. 먹음직스러운 보리가 한밭 가득 있다네. 하지만 나는 자네 생각을 하고 이삭 하나도 건드리지 않았네. 나는 자네가 보리를 아삭아삭 씹는 소리처럼 좋은 소리를 아직까지 들은 적이 없거든."

　그러자 말이 코웃음을 치면서 말했다.

　"쳇, 자네가 보리를 먹을 줄만 알았더라면 굶으면서까지 나를 즐겁게 해주려고 하지는 않았겠지."

늙은 사냥개

아주 아름답고 멋지게 생긴 늙은 사냥개 한 마리가 있었다. 크고 쫑긋한 두 귀와 복슬복슬한 털을 가졌으며 무척 재빠르고 용감한 개였다. 그래서 주인은 그 개를 몹시 사랑해 사냥하러 갈 때면 늘 곁에 데리고 다녔다.

그러나 시간이 흐르면서 이 개도 늙고 약해졌다. 하지만 주인은 여느 때처럼 이 개를 언제나 데리고 사냥을 다녔다.

어느 포근한 봄날, 주인은 그날도 이 개를 데리고 가까운 산으로 사냥을 떠났다. 산기슭에 이르자, 늙은 개는 때마침 저쪽에서 풀을 뜯어 먹고 있던 수사슴을 발견하고 급히 쫓아갔다. 드디어 쫓기다 못해 몹시 지친 수사슴은 거의 쓰러질 지경이 되어 그만 사냥개에게 붙들리고 말았다. 하지만 자기를 물고 있는 사냥개가 몹시 늙어 이빨조차 제대로 없다는 것을 알게 되자 수사슴은 갑자기 몸을 한 번 휘두르더니 도망쳐버리고 말았다.

때마침, 말을 타고 뒤쫓아 오던 주인이 이 꼴을 보자, 화가 치밀어 자기의 충실한 늙은 사냥개를 말채찍으로 사정없이 후려갈기기 시작했다. 사냥개는 눈물을 줄줄 흘리며 주인에게 말했다.

"주인님, 제발 때리지 마세요. 저는 할 수 있는 것은 모두 다 했어요. 그러나 이제는 늙은 탓으로 그만 사슴을 놓치고 말았습니다. 그러니 제발 제가 옛날 젊었을 때 어떠했다는 것을 기억해주세요."

경찰서 처마 밑의 제비집

제비 한 마리가 경찰서 처마 밑에 둥지를 틀고 새끼를 쳤다.

며칠이 지난 뒤 새끼 제비들이 어린 날개를 파닥파닥하면서 겨우 조금씩 날갯짓을 하게 되었다. 어미 제비는 이런 새끼 제비들이 어찌나 대견스럽고 귀여운지 몰랐다.

하루는, "얘들아, 집 잘 보고 있거라. 내가 밖에 나가서 맛있는 고기 음식을 많이 장만해올 테니." 하고는 먹이를 구하러 밖으로 나갔다. 이때 마침 이웃에 사는 큰 구렁이 한 마리가 와서, "요것들 참 먹음직스럽게 생겼군." 하며 새끼 제비들을 날름날름 통째로 다 잡아먹고 돌아갔다.

한참 지난 뒤, 어미 제비가 먹이를 물고 집으로 돌아와 보니 새끼들이 온데간데없이 사라져버린 것이 아닌가? 틀림없이 구렁이의 짓이라고 생각한 어미 제비는 설움이 북받쳐 목 놓아 통곡했다. 그러자 이웃에 사는 제비들이 모여들어 어미 제비를 위로해주었다.

"이제 그만 진정해요. 살다 보면 뭐 이런 일을 한두 번 겪나요? 다 어쩔 수 없는 일로 돌리고 살아야죠."

그러자 어미 제비는 울먹거리며 대답했다.

"그거야 난들 모르겠어요? 하지만 너무 억울해서 그럽니다. 대관절 여기가 어디란 말이오. 여러 사람들의 안전을 책임진다는 경찰서가 아니오? 이런 곳에서 어찌 이다지도 억울한 변을 당할 수가 있단 말이오?"

노는 것처럼 보이지만

아주 오래전에 있었던 이야기이다. 그때는 사람의 몸을 이루고 있는 여러 기관들이 요즘처럼 사이좋게 지내지 않고 제멋대로 놀아나기 일쑤였다.

어느 날, 여러 기관들이 함께 모여서 제각각 자기 자랑과 남의 흉을 늘어놓고 있었다. 마침 이의 차례가 돌아왔는데, 이는 무엇인가 몹시 불만스러운 듯이 얼굴을 찡그리며 투덜거렸다.

"나는 음식물이 입 안으로 들어오면 죽도록 고생을 해가며 씹어서 넘기는데 실제로 그걸 받아먹는 놈은 따로 있으니 속상해 죽겠어. 세상일이란 정말 불공평하단 말이야. 도대체 밥통이라는 놈은 손끝 하나 놀리지 않고도 맛난 음식만 받아먹잖아."

"그래, 진짜 네 말이 옳아. 그렇게 놀고먹는 녀석을 가만히 내버려둔다는 건 말도 안 돼."

그리하여 그들은 앞으로는 절대로 밥통에 음식을 넣어주지 않기로 했다. 그날 저녁부터 손은 음식을 만지려고도 하지 않았고, 입은 조금도 벌릴 생각을 하지 않았으며 이는 씹을 생각을 하지 않았다.

그렇게 며칠이 지나자 손발은 흐느적흐느적 힘이 없어지고, 다른 모든 기관들도 기운이 빠졌으며 얼굴은 창백해졌다. 그때서야 비로소 모든 기관은 밥통이 겉으론 아무 일도 하는 것 같지 않지만, 사실은 큰 구실을 한다는 것을 깨달았다. 그 다음부터 그들은 사이좋게 힘을 합쳐 열심히 일하게 되었다.

반면교사反面敎師의 지혜

어느 날 호랑이와 당나귀와 여우가 한자리에 모여 서로 의형제를 맺고 다정하게 지내기로 했다.

하루는 셋이서 사냥을 하러 떠났다. 전부 힘을 합해 열심히 사냥을 했으므로 돌아올 때는 잡은 것이 꽤 많았다.

당나귀와 여우는 오랜만에 맛있는 고기를 배불리 먹게 되나 보다 생각하며 마음이 들떴다.

집에 도착하자, 호랑이는 당나귀를 시켜서 사냥해온 것을 적당히 나누도록 했다. 당나귀는 땀을 뻘뻘 흘리면서 간신히 세 무더기로 만들어놓고 각자 한 무더기씩 마음에 드는 대로 가지라고 했다. 그러자 호랑이는 벼락같이 성을 내며 당나귀를 갈기갈기 찢어 죽여 버렸다.

그런 다음 여우더러 다시 나누라고 했다.

여우는 조그마한 토끼 다리 하나만 남기고는 다른 고기들은 모두 한군데로 모아 큰 무더기를 만들어놓았다. 그러고는 호랑이에게 그 큰 무더기를 가지라고 정중히 말했다. 호랑이는 기분이 좋아서 껄껄 웃으며 여우에게 말했다.

"너는 참 기특하게도 가르는구나. 누가 그런 올바른 예의를 가르쳐 주더냐?"

여우가 대답했다.

"호랑이님, 저는 다른 곳에서 특별히 배운 일은 없고 다만 조금 전에 당나귀가 당하는 꼴을 보고 나누었을 뿐입니다."

어떤 자비

여우 한 마리가 깊은 산골짜기에 피투성이가 된 채 쓰러져 있었다. 때마침 그 근처를 지나가던 등에 떼가 쓰러진 여우를 발견하고는, "이게 웬 떡이냐." 하며 상처로 달려들어 피를 빨아대기에 바빴다. 그때 고슴도치 한 마리가 그곳을 지나가다가 여우의 불쌍한 꼴을 보았다.

"쯧쯧, 어쩌다가 이렇게 심하게 다치셨소? 가엾어라. 등에나 쫓아드릴까요?"

"아니, 아니, 그냥 내버려두세요."

여우는 힘없는 목소리로 겨우 대답했다. 그러자 고슴도치는 뜻밖이라는 듯이 또다시 물었다.

"내버려두다니요? 그 이유가 뭡니까?"

여우는 입술에 조금 웃음을 띠더니 대답했다.

"등에들은 이제 배가 부른지 그렇게 심하게 빨지는 않아요. 만일 이놈들을 날려보낸다면 배고픈 놈이 또다시 나타나 덤벼들지 않겠어요? 그러니 차라리 그냥 두고 상처가 낫기를 기다리는 편이 낫지요."

임금님의 유언

어느 나라에 인자한 임금님 한 분이 살고 있었다. 이 임금님은 슬하에 일곱 명의 아들을 두고 있었는데, 언제나 서로 으르렁대며 잘 다투었다.

임금님은 늙고 병들어서 누워 있는 날이 많게 되자, 나라를 물려받을 왕자들이 늘 사이가 좋지 못해 다투기만 하는 것이 무척 걱정스러웠다.

임금님은 일곱 아들을 불러 타이르곤 했지만, 며칠 못 가 오히려 점점 더 사납게 다투는 것이었다. 그래서 어느 날, 임금님은 꾀를 내어 일곱 아들에게 회초리 한 개씩을 꺾어가지고 모이라고 일렀다.

왕자들이 모이자, 임금님은 곧 왕자들이 가져온 회초리를 한데 묶게 한 다음 아들들에게 차례로 그것을 꺾어보라고 했다. 그리고 다음에는 회초리 다발을 풀어 하나씩 나누어주면서 꺾어보라고 했다. 왕자들은 모두 '이 정도야 간단하지.' 하는 듯이 얼굴에 가벼운 미소까지 띠면서 뚝뚝 꺾어버렸다. 임금님은 그제야 여러 왕자들을 하나씩 둘러보며 목소리를 낮춰 조용히 말했다.

"사랑하는 아들들아, 내가 이제 방금 너희들에게 준 교훈의 뜻을 깨닫기 바란다. 너희들은 모든 일을 할 때 힘을 합해야만 하느니라. 만약 서로 뭉치지 못하고, 다투기만 한다면 하나하나의 회초리처럼 너희들도 단번에 꺾이고 말 것이다. 더욱이 너희들은 장차 이 나라를 다스릴 왕자들이 아니냐? 그러니 일곱 개의 회초리처럼 단단하게 뭉쳐 모든 일을 함께 해결해나가도록 해라."

또 하나의 이중성

며칠 동안 아무것도 먹지 못해 배가 고픈 이리가 숲 속을 헤매다가 어느 목장에 이르렀다. 마침 양치는 목동들이 머무는 움집 문이 열려 있어서 들여다보니 그 안에서 목동들이 숯불을 피워놓고 양고기를 맛있게 구워먹고 있었다.

이리는 코웃음을 치며 중얼거렸다.

"쳇, 양이 귀엽다고 우리 같은 놈은 손도 대지 못하게 할 때는 언제고, 양을 잡아 저희들끼리만 먹는 것은 또 뭐람."

존재감

등에 한 마리가 황소의 머리 주위를 앵앵거리며 날아다니다가 황소 뿔 위에 앉았다. 그러고는 황소에게 미안하다는 듯이 말했다.

"허락도 없이 당신 뿔에 앉아서 미안합니다. 좀 무겁겠지만 참아주세요. 곧 날아갈게요."

그러자 황소가 웃으면서 대답했다.

"원, 천만의 말씀이오. 정말이지 나는 당신이 내 뿔에 앉았는지조차 몰랐어요. 앉아 있고 싶으면 언제까지나 그대로 앉아 있도록 해요."

변덕의 철학

사냥한 짐승을 짊어지고 산에서 내려오던 사냥꾼과 바다에서 생선을 가득 잡아오던 어부가 길에서 딱 마주쳤다.

사냥꾼은 생선회가 먹고 싶어졌고, 어부는 지글지글 구운 불고기가 너무 먹고 싶어졌다. 그래서 그들은 자기들의 물건을 서로 바꾸어가지고 집으로 돌아갔다.

그 이튿날도, 또 그 이튿날도 계속해서 매일 이렇게 자기가 잡은 것을 맞바꾸었다.

이것을 본 동네 사람이 비웃으며 말했다.

"쯧쯧, 저 변덕들이 얼마나 갈까. 아마 며칠 안 있으면 또다시 자기가 잡은 것을 먹기 시작할걸?"

똑똑한 줄 아는 바보

한 치 앞도 알 수 없는 것은 사람뿐만이 아닌 동물이나 곤충의 세계도 마찬가지다. 언제 어떤 일을 당할지 아무도 예측할 수 없는 것이다. 그래서 우리는 현재 일에 늘 자만하지 말고 살아야 하는 것이다.

하루는 파리 한 마리가 꿀 항아리 위에 앉아 꿀을 빨아먹기 시작했다. 그러다가 어찌나 맛이 있던지 그만 저도 모르는 사이에 단지 속으로 자꾸자꾸 기어들어 가게 되었다.

얼마 동안 꿀을 빨아먹고 나서 다시 기어나오려고 했지만, 다리와 날개에 온통 꿀이 묻어 도저히 꼼짝도 못하게 되었다.

이때 마침 지나가던 나방이 이 모습을 보았다.

"이 바보 같은 파리야, 어째서 너는 뒤탈이 있을지 생각해보지도 않고 그런 위험한 곳을 함부로 뛰어들었단 말이냐."

나방은 파리의 어리석음을 비아냥거렸다. 그러나 가엾은 파리는 아무 말도 할 수 없었다.

그때 하녀가 방으로 들어와 등불을 켜놓았다. 나방은 갑자기 등불 주위로 날아들어 빙글빙글 돌며 춤을 추기 시작했다. 그러다가 불 속으로 뛰어들어 타 죽고 말았다.

　꿀에 파묻혀 이것을 보고 있던 파리가, "흥, 너도 역시 바보이기는

마찬가지로구나." 하고 말했다.

절름발이 흉내를 낸 말

말이 넓은 목장에서 마음껏 풀을 뜯고 있었다.

풀을 한참 뜯다가 문득 고개를 들어보니, 산 위에서 무섭게 생긴 이리가 뛰어 내려오고 있었다.

"아이쿠! 큰일 났구나. 도망갈 데도 없고……."

말은 깜짝 놀라 허둥대다 마음을 굳게 가다듬었다. 그리고 급한 대로 한 가지 꾀를 짜내어 이리가 내려오기를 기다리고 있었다.

마침내 이리가 가까이 다가오자 말은 아픈 듯이 다리를 절뚝절뚝 절며 걸었다.

이리는 이상하다는 듯이 고개를 갸웃거리며 말했다.

"아니, 왜 다리를 절고 있나?"

"사실은 아까 장미 울타리를 뛰어넘다가 발바닥에 가시가 박혔습니다. 어찌나 아픈지 모르겠습니다. 저, 미안하지만 제 발바닥에 박혀 있는 장미 가시를 좀 빼내주지 않겠습니까?"

말은 굉장히 아픈 표정을 지으며 엄살을 피웠다. 그러고는, "당신이 나를 이대로 잡아먹는다면 틀림없이 목에 가시가 박힐 거예요." 하고 겁을 잔뜩 주었다.

이리는 과연 그럴 듯한 말이라고 생각하고, 이왕 잡아먹을 바에는 가시를 빼낸 다음에 잡아먹어야겠다고 생각하고 말의 뒷발이 있는 쪽으로 가 입을 갖다 대었다. 그러자 말은 기다렸다는 듯이 있는 힘을 다해 이리의 입을 보기 좋게 걷어찼다. 그러곤 뒤도 돌아보지 않고 그대로 줄행랑을 쳐버렸다.

이리는 말이 갑자기 뒷발질을 하는 바람에 뒤로 벌렁 나가자빠졌다. 그리고 자기가 항상 자랑으로 삼는 이가 부러져 입 안이 온통 피투성이가 되었다.

이리는 피투성이가 된 입으로 괴로운 듯 으르렁거리며 중얼거렸다.

"참 기가 막힌 노릇이군. 늘 말을 보면 조심하라는 말을 들었으면서도 말의 의사 노릇을 하려 들었다니……."

이리는 분한 듯 중얼거리며 힘없이 산으로 돌아갔다.

임금님을 잘 뽑아야지

어느 숲 속에 비둘기들이 무리지어 평화롭게 살고 있었다. 그런데 얼마 전부터 독수리 한 마리가 숲 속에 나타나 비둘기들을 채가서 비둘기들은 밖에도 마음대로 나다니지 못하게 되었다. 그래서 집 안에만 틀어박혀 옴짝달싹도 하지 않았다.

이렇게 되자 독수리는 힘으로는 비둘기들을 잡을 수가 없게 되었다. 그래서 이번에는 꾀를 내기로 했다.

하루는 독수리가 비둘기들에게 이렇게 말했다.

"너희들은 나를 몹시 두려워하지만 사실은 나도 그렇게 나쁘지는 않단다. 그러니 이렇게 서로 원수로 지낼 것이 아니라 나를 왕으로 섬기면 어떻겠느냐? 물론 내가 너희들의 왕이 된다면 앞으로 올 모든 어려움을 해결해줄 것이다."

비둘기들은 이 말을 곧이듣고 독수리를 왕으로 맞아들였다.

독수리는 임금 자리에 앉자마자 자기가 했던 말과는 다르게 제멋대로 하기 시작했다. 매일 비둘기들을 잡아먹고, 화가 나면 비둘기들을 사정없이 쪼곤 했다.

마지막으로 자신이 잡아먹힐 차례를 기다리고 있던 비둘기 한 마리가 이렇게 중얼거렸다.

"이 꼴을 당해도 할 말이 없지. 독수리를 왕으로 받든 것부터가 잘못이니까……."

박쥐의 계산법

옛날에 새와 짐승들 사이에 싸움이 크게 벌어졌다.

박쥐 한 마리가 싸움을 피해 옆으로 비켜서서 구경을 하다 보니 새들이 짐승들에게 밀려 달아나기 시작하는 것이었다. 그래서 박쥐는 '옳지, 짐승들 편에 끼여서 한몫을 단단히 보아야지. 날개만 접으면 쥐처럼 보이니까 누구도 의심하지 않을 거야.' 하고 생각한 끝에 짐승들의 편을 들기 위해 짐승들 사이에 슬그머니 끼어들었다.

"아니, 너는 새가 아니냐?"

박쥐를 발견한 짐승들은 이렇게 물었다.

"절대 그럴 리가 없지. 내가 새가 아니고 짐승이란 것은 털투성이의 몸뚱이와 날카로운 이만 보더라도 알 수 있을 거 아냐?" 하고 박쥐는 용케 짐승들이 곧이듣도록 만들었다. 그러나 한참 동안 싸우다 보니 이번에는 새의 편이 이기기 시작했다.

'이러다가는 목숨이 위태롭겠다. 이럴 때는 새들 편을 들어야지. 나는 날개를 가졌으니 새라고 보는 편이 훨씬 더 적당할 거야.'

박쥐는 이렇게 생각하면서 새들이 몰려 있는 곳으로 날개를 활짝 펴고 훨훨 날아갔다.

"이리로 날아오는 저 짐승은 도대체 뭐지?"

새들은 박쥐가 날아오는 모양을 보고 이렇게 웅성거렸다.

이 소리를 들은 박쥐는, "저는 짐승이 아니고 새랍니다. 이 날개를 보세요. 이건 우리 새들만이 가지고 있는 것 아닙니까?" 하고 날개를 펴고 파닥이면서 새들을 설득시켰다. 그러고는 짐승들에게 덤벼들어 싸우기 시작했다.

이윽고 싸움이 끝나고 짐승들과 새들이 화해를 하게 되었다. 그러자 그만 박쥐가 한 짓이 드러나, 새와 짐승들은 저마다 박쥐를 내쫓아 버리도록 결정했다.

그 다음부터 박쥐는 새와 짐승들을 마주보기가 미안하고 부끄러워 낮에는 마음대로 날지도, 기어 다니지도 못하고 동굴 속에 꼭꼭 숨어 있다가 해가 지고 어두워져야 비로소 밖으로 나와 다니게 되었다.

적의 친구는 적이다

어느 날, 닭과 개가 서로 정다운 친구가 되어 함께 먼 곳으로 여행을 떠났다.

하루는 깊은 산골짜기의 수풀을 지나다가 그만 해가 서쪽으로 넘어 가버려 잠자리를 찾아야만 했다.

마침 수풀 속에 고목나무 한 그루가 있었으므로 닭은 그 나뭇가지 하나를 잠자리로 삼았고, 개는 그 나무 밑에 뚫려 있는 구멍 속에 들어가 잠이 들었다.

날이 밝아 오자 닭은 여느 때처럼 고운 목소리로 아침 노래를 불렀다. 그때 마침 이 수풀 속에서 살고 있던 여우 한 마리가 닭의 울음소리를 듣고는, "옳지, 오래간만에 닭고기 맛을 보게 되었군." 하면서 어슬렁어슬렁 닭의 울음소리가 들리는 쪽으로 걸어나왔다. 그러고는 시치미를 떼고 천연덕스럽게, "아, 여보게! 참 오래간만에 다시 만나는 군. 어서 이리 내려와 그간 지냈던 이야기나 좀 나누세." 하고 말하자 닭은, "아이고, 여우님이시군요. 죄송하지만 지금 좀 바빠서 내려갈 수가 없어요. 그러니 여우님께서 이리로 올라오십시오. 이 나무 뒤쪽으로 가면 문이 있을 테니 그리로 가서 하인을 깨우십시오. 그러면 하인이 문을 열고 이곳까지 안내해드릴 것입니다!" 하고 소리쳤다.

여우는 "옳지, 됐다!" 하고는 얼른 나무 뒤쪽으로 돌아가서 하인을 찾으려 하자, 숨어 있던 개가 날쌔게 덤벼들어 여우를 물어 죽이고 말았다.

겨루기 한 판

어느 시골집에 원숭이 한 마리와 고양이 한 마리가 살고 있었다.

둘 다 어찌나 꾀가 많고 훔치기를 잘하는지 누가 더 나쁜 도둑인지조차 가늠하기가 어려울 정도였다.

하루는 그 둘이 함께 집 안을 이곳저곳 다니다가 아궁이 속에서 밤송이가 탄 재를 발견했다.

"이봐, 고양이. 이 재 속을 헤치면 틀림없이 밤이 있을 거야. 그걸 꺼내 먹는다면 오늘 점심은 걱정 없을 거야. 한데 재를 헤치기에는 내 발톱보다 자네 것이 적당할 테니 한번 들어가서 꺼내보게. 그러면 절반은 자네에게 주지." 하고 원숭이가 제안했다.

고양이는 그럴 듯하게 여기고 아직 불기운이 남아 있는 아궁이 속으로 들어가서는 재를 헤치고 군밤을 꺼냈다. 그리고 원숭이에게 하나씩 던져주었다.

그런데 원숭이는 고양이가 밤을 집어던지는 족족 널름널름 먹어버리는 것이었다.

밤을 모조리 뒤져낸 뒤 고양이는 발이 불에 데어서 쓰라린 나머지

질질 끌고 아궁이에서 빠져나왔다. 그리고 원숭이에게 꺼낸 군밤을 나

누자고 했다. 하지만 이미 원숭이가 다 먹어버려 밤은 하나도 남아 있

지 않았다.

고양이가 원숭이에게 덤벼들었지만 이미 때는 늦어 있었다.

제비가 처마 밑에 산 까닭

하루는 영리하고 예쁘게 생긴 제비가 들에 나갔다가, 농부가 밭에 씨를 뿌리는 모습을 보았다.

제비는 무슨 씨앗인지 궁금해서 밭으로 날아가 씨앗 한 알을 주워 보니, 그것은 삼씨였다.

'이 삼이 자라면 사람들은 이것으로 실을 만들어 우리 새들을 잡는 그물을 만들 거야.'

이렇게 생각한 제비는 급히 새들이 모여 있는 숲 속으로 날아갔다. 제비는 새들을 불러 모아 방금 자기가 보고 온 것을 이야기하고 삼 싹이 나기 전에 씨앗을 모두 먹어버리자고 말했다. 하지만 다른 새들은 제비의 말을 들은 척도 하지 않고 흘려버리는 것이었다. 그래서 제비는 자기 혼자서라도 씨앗을 먹어버려야겠다고 생각하고는 혼자 밭에 가서 농부들이 뿌린 씨앗을 부지런히 주워 먹었다. 하지만 씨앗들이 너무 많아서 삼 싹이 나올 때까지 반의반도 먹어치우지 못했다.

며칠이 지난 뒤 제비는 또다시 새들을 찾아가서 삼 싹들이 자라기 전에 뽑아버리자고 의견을 내놓았다. 그러나 이번에도 제비의 말에

귀를 기울여주는 새는 하나도 없었다.

그제야 제비는 새란 것들이 얼마나 어리석고 생각이 짧은 동물인지를 뼈저리게 깨달았다. 그래서 제비는 새들과 헤어지기로 마음먹고 그들이 사는 숲을 버리고 사람들이 사는 집으로 내려와, 처마 밑에 둥지를 틀고 살게 되었다.

쓸모없는 금덩어리

어느 마을에 돈밖에는 모르는 지독한 구두쇠 영감이 살고 있었다.

어느 날 세금을 거둬들이는 관리가 와서, "영감님은 집도 크고 논밭도 많으니 세금을 남보다 몇십 배쯤 더 내셔야 합니다."라고 엄포를 놓고 가자 구두쇠 영감은 은근히 걱정이 되었다. 그래서 생각하던 끝에 있는 재산을 모두 팔아 금덩어리로 바꿔서 땅 속 깊이 묻어두기로 했다. 금덩어리에는 세금이 붙을 까닭이 없었기 때문이다.

영감은 곧 금덩어리를 장만해 마당 한구석에 묻었다. 그러고는 날마다 한 번씩 땅을 파헤치고 금덩어리를 한없이 들여다보며 즐거워했다.

그런데 하루는 이웃 사람이 구두쇠 영감의 집 앞을 지나가다가 그 모양을 우연히 보게 되었다. 그래서 이상하게 생각하고 그날 밤 아무도 몰래 구두쇠 영감의 집에 들어가 마당을 파보았다. 그랬더니 뜻밖에도 금덩어리가 나오는 것이 아닌가.

"야, 이거 큰 부자가 되겠는걸." 하고 신이 나서 그는 금덩어리들을 하나도 남김없이 모두 파가 버렸다.

이튿날 구두쇠 영감은 금덩어리들을 모두 도둑맞은 사실을 알고는 그만 너무 억울해서 머리카락을 쥐어뜯으면서 엉엉 울었다.

마침 지나가던 사람이 울고 있는 까닭을 물어보았다. 그래서 영감은 억울하던 참에 지금까지 일어났던 일들을 낱낱이 이야기했다. 그러자 그 나그네가 이렇게 말했다.

"그만 우세요. 당신은 별로 손해를 본 것이 없습니다. 이제부터 금덩어리와 똑같은 크기의 돌을 그곳에 묻어두고 그것을 금덩어리라고 생각하세요. 당신에게는 금이나 돌이나 결국 쓸모가 없기는 마찬가지 아닙니까?"

마부의 멋진(?) 말 사랑

어떤 마부가 말의 먹이인 보리를 날마다 훔쳐다 팔면서 늘 말을 솔로 털어주고 빗으로 빗겨주곤 했다. 그러자 말이 이렇게 말했다.

"당신이 정말 저를 멋쟁이 말로 보이게 하고 싶다면, 제발 저의 식량인 보리를 팔지 마십시오."

일단 살려주세요

어느 날 시냇가로 미역을 감으러 간 아이가 잘못해서 깊은 물속에 빠지게 되었다. 마침 시냇가를 지나가던 사람을 발견한 아이는 살려 달라고 큰 소리로 외쳤다. 그런데 그 사람은 물에 빠진 아이를 보고 조심하지 않아서 그렇게 된 것이라며 나무랐다. 그러자 그 아이가 허우적거리며 말했다.

"어쨌든 일단 살려주세요. 살려준 다음에 실컷 나무라셔도 늦지 않잖아요?"

보석보다 보리쌀

　점심을 못 먹은 닭이 모이를 찾아 두엄더미를 이리저리 헤치고 다니다가 반짝반짝 빛나는 보석을 우연히 발견하고는 이렇게 말했다.

　"흥, 배고픈 나에게 비싼 보석이 무슨 필요가 있어? 차라리 보리쌀 한 톨이 훨씬 낫지."

무심코 던진 돌

　연못가에서 노는 어린아이들이 내기를 하고 있었다. 그것은 물속에 있는 개구리들에게 돌을 던져 맞히는 놀이였다. 그 바람에 여러 마리의 개구리가 돌에 맞아 죽게 되자, 개구리 한 마리가 머리를 내밀고 소리쳤다.

　"애들아 그만 던져. 너희들에게는 재미있는 장난일지 모르지만 우리에겐 목숨을 잃는 일이란 말이야."

하늘의 우물, 땅의 우물

옛날에 유명한 천문학자가 살고 있었다. 그는 저녁마다 별을 바라보며 한적하게 산책하는 것을 큰 즐거움으로 여겼다.

그러던 어느 날 밤, 별에 정신이 팔린 채 걷고 있던 그는 발을 헛디디는 바람에 그만 우물 속으로 빠져버렸다.

살려달라는 천문학자의 외침을 듣고, 지나가던 사람이 와서 건져주며 이렇게 빈정거렸다.

"당신은 저 먼 하늘에 있는 별을 조사한다고 날마다 쳐다보면서, 땅에 뚫린 우물은 안 보인단 말이오?"

탈의 의미

어느 날 밤 여우 한 마리가 어떤 곡마단에 몰래 들어가서 이것저것 뒤져보다가 아주 예쁘게 생긴 탈 하나를 집어들고는 고개를 갸웃거리며 중얼거렸다.

"그것 참 괜찮게 생겼는걸? 그런데 이따위 골이 빈 머리를 어디다 써먹는담?"

새장 속의 비둘기

　새장 속에 갇혀 사는 비둘기 한 마리가 있었다. 그 비둘기는 항상 자기가 새끼들을 많이 낳은 것을 자랑했다. 이 말을 들은 까마귀가 비둘기에게 따끔하게 충고를 했다.

　"그 어리석은 자랑일랑 이제 그만 하시오. 아기가 많은 게 뭐 그리 장한 일이라고 떠들어댄단 말이오. 나는 그 아기들이 당신처럼 갇혀 살 것을 생각하니 가엾기만 하구려."

독수리 골려주기

하루는 토끼가 독수리에게 급히 쫓기게 되었다.

토끼는 젖 먹던 힘까지 다해 도망쳤지만 더 이상은 도저히 도망칠 수가 없게 되었다. 그런데 마침 그곳에 하늘소가 기어가고 있는 것을 보고는 하도 다급한지라, "저를 좀 살려주세요." 하고 부탁했다. 하지만 하늘소가 도와주겠다는 말도 하기 전에 독수리가 덮쳐왔다.

"독수리님, 이 토끼는 제가 돌봐주고 있는 토끼입니다. 그러니 제발 잡아가지 마세요." 하며 하늘소는 몇 번이고 거듭 부탁했다. 하지만 독수리는 하늘소 따위의 작은 벌레가 하는 말은 전혀 들으려고도 하지 않았다.

하늘소는 이 일에 대해 원한을 품었다. 그 원한은 하늘소의 마음에서 언제까지나 사라지지 않았다.

'독수리란 놈, 나를 얕잡아봤지. 두고 봐라, 이제 곧 복수를 하고 말 테니…….'

그 후 하늘소는 날마다 독수리의 둥지를 노렸다. 그러다가 독수리가 둥지에 알을 낳으면 슬금슬금 기어 올라가 알을 떨어뜨려 버리곤

했다. 독수리가 아무리 계속해서 알을 낳아도 어느 사이엔가 하늘소가 또 올라와 알을 떨어뜨려 버리는 것이었다.

독수리는 생각다 못해 하느님께 부탁했다.

"제발 안심하고 알을 낳을 수 있도록 안전한 곳을 마련해주십시오."

"그렇다면 내 무릎 위에 낳도록 해라."

그래서 독수리는 하느님 무릎 위에 알을 낳게 되었다.

'이제는 걱정 없다.'

독수리는 마음을 푹 놓았지만 하늘소는 이 사실도 곧 알아차렸다. 그래서 이번에는 진흙으로 경단을 만들어 몰래 하느님 무릎 위에 올려놓았다.

하느님은 흙 경단이 독수리 알과 섞여 있는 것을 보고는, 흙 경단을 밀어내다 잘못해서 독수리 알까지 밀어내게 되었다. 그래서 하느님 무릎 위에 있던 독수리 알이 깨지고 말았다.

그 뒤로 하늘소가 돌아다닐 무렵이면 독수리는 알을 낳지 않게 되었다고 한다.

화를 잘 내는 사과

　새빨갛고 맛있게 생긴 사과가 떨어져 있는 길을 한 아이가 걷고 있었다. 그 아이는 자기도 모르는 사이에 그 사과를 밟고 말았다.

　그런데 이게 어쩌된 일인가? 사과는 깨지기는커녕 오히려 공처럼 불룩하게 부풀어 오르는 것이 아닌가. 점점 부풀어 오르더니 사과는 원래의 크기보다 두 배나 커졌다. 그것을 본 아이는 깜짝 놀랐다.

　'야, 이 사과가 화가 났나? 정말 이상한 사과인데? 어디 얼마나 더 커지는지 볼까?'

　아이는 무척 재미있어하면서 들고 있던 막대기로 사과를 때렸다. 한 번, 두 번 때릴 때마다 사과는 자꾸 부풀었다.

　'야, 정말 이상한데. 어디 얼마나 커지나 보자.'

　그 아이는 자꾸자꾸 때렸다. 그리고 때리면 때릴수록 사과는 더욱 크게 부풀어 올랐다. 끝내는 길을 완전히 메울 정도로 부풀어 올랐다.

　너무 커졌으므로 앞으로 걸어나갈 수도 없게 되었다. 이윽고 너무 무거워서 옮길 수도 없었다.

　'큰일 났네! 이 일을 어떡하면 좋담?'

아이는 이상한 요술 사과 앞에 털썩 주저앉아 멍하니 입을 벌리고 있었다. 그때 갑자기 뒤에서 웃는 소리가 들렸다.

"하하하하."

깜짝 놀라 돌아다보니 수염이 하얗고 길게 난 할아버지가 우뚝 서 있었다. 틀림없이 신령님인 것 같았다. 아이는 얼른 일어나서 공손히 인사를 했다.

"어때, 놀랐느냐?"

"네."

"장난꾸러기인 너를 골려주려고 내가 일부러 떨어뜨려 놓은 것이다. 이것은 보통 사과가 아니란다."

"그럼 요술 사과인가 보죠?"

"아니다. 이것은 '화를 잘 내는 사과'란다. 사과의 얼굴을 잘 보렴."

아이는 부풀어 오른 사과를 자세히 들여다보았다. 사과는 눈을 동그랗게 뜨고 아이를 잔뜩 노려보고 있었는데, 새빨개진 얼굴에 화가 잔뜩 나 있었다.

"화를 잘 내는 이런 사과가 떨어져 있으면 절대로 건드리거나 때려서는 안 된다. 그냥 모르는 체하고 상대하지 않는 것이 제일 좋단다."

"그것도 모르고 저는 마구 밟고 때렸어요."

"그렇게 하면 사과는 점점 더 화가 나서 무섭게 부풀어 오른다. 그러다가는 꼼짝도 못하게 돼버리지."

아이는 머리를 긁적거렸다.

"그렇군요. 앞으로는 조심하겠습니다."

"그래, 무엇이든 상대하지 않고 가만히 있으면 싸움은 절대 벌어지지 않는 법이란다."

신령님은 부드럽게 아이의 머리를 쓰다듬어주시더니 갑자기 자취를 감춰버렸다. 아이도 걷던 길을 계속 걸어갔다.

부풀어 오른 사과는 아무도 상대할 사람이 없게 되자, 따분한 듯이 예전처럼 조그맣게 줄어들었다.

중재역을 맡은 제우스

하늘에서 독수리가 토끼를 노리고 날아 내려왔다.

이를 눈치 챈 토끼는 쏜살같이 토끼 굴을 향해 달아났다. 그런데 이 토끼가 무슨 생각을 했는지, 달아나는 것은 도저히 불가능하다고 포기를 했는지 자신의 굴속으로 들어가지 않고, 엉뚱하게도 풍뎅이의 집으로 뛰어들어갔다.

풍뎅이의 집은 너무 작아서 겨우 토끼의 콧등이나 가릴 만큼 작은 구멍이었다. 풍뎅이가 놀라서 밖으로 나와 보니, 평소에 자기 집으로 운반하기에 딱 좋은 동그란 똥을 배설해주고 있어서 늘 고맙게 생각하고 있던 토끼가 얼굴을 땅에 박고 온몸을 떨면서 살려달라고 애원하고 있는 것이 아닌가? 그때 날개소리도 사납게 독수리가 날아 내려와 무시무시한 발톱으로 토끼를 꽉 움켜잡았다. 바로 그때 풍뎅이가 끼어들었다.

풍뎅이는 몸집은 정말 작지만 똥을 부지런히 모아 둥글게 뭉쳐서 그것을 굴려 집으로 운반한 뒤, 다시 흙으로 되돌리는 곤충이다. 그래서 이집트 지방에서는 신의 사자로까지 일컬어지며 귀한 대접을 받고 있었다. 게다가 자세히 보면, 그 반짝이는 날개도 제법 볼 만하고 자존심도 누구 못지않게 높은 곤충이었다. 그 풍뎅이가 사뭇 의연한 태도로 독수리에게 말했다.

"새의 여왕이신 독수리님, 곤충계의 왕자인 내가 하는 말에 잠시 귀를 기울여주지 않겠소? 지금 당신의 발톱 밑에서 나의 좋은 이웃인 토끼님이 목숨을 구걸하고 있군요. 물론 이런 일이 나와 인연이 없는 곳에서 일어났다면, 아무리 좋은 이웃이라 해도, 죽고 사는 것은 하늘의 뜻인지라, 설령 슬픔에 가슴이 미어지는 일이 있다 해도 말없이 그저 지켜봐야겠지만, 그러나 독수리님, 이곳은 바로 내 집 문 앞이고 게다가 토끼님이 다른 누구도 아닌 바로 이 나를 의지하고 뛰어들었습니다. 물론 독수리님에게는 모처럼 잡은 사냥감이니 여기서 놓치면 아깝겠지만, 독수리님이야 토끼 한 마리쯤 마음만 먹으면 당장 내일이라도 다시 잡을 수 있을 것 아닙니까? 얻는 것도 인연이면 잃는 것도 인연이겠지요. 또 기이하게도 새의 여왕과 곤충의 왕자가 만난 것도 뭔가의 인연인가 하니 그런 연유로, 지금은 일단 내 얼굴을 보아 토끼님이 내 집에 뛰어든 시점에서 여흥은 그만 끝내시고, 웃는 얼굴로 놓아주시는 것이 어떻겠습니까?"

그러나 웬걸, 제법 당당한 풍뎅이의 연설에도 불구하고 독수리의 강력한 일격이 풍뎅이를 덮쳤다. 풍뎅이의 말 따위에는 전혀 귀를 기울이지 않고, 그 존재조차 무시하는 듯이 철썩 하고 커다란 날개로 풍뎅이의 머리를 일격한 것이다. 풍뎅이가 뒤집어진 상태로 마구 허우적거리고 있을 때, 독수리는 얼른 토끼를 죽인 뒤 아무 일도 없었던 것처럼 자기 둥지로 가져가고 말았다. 그러자 자존심이 상한 풍뎅이는 여기서 주저앉지 않고 일어나 심호흡을 한번 한 뒤 날개를 펼쳐 독수리의 둥지를 향해 날아올랐다.

독수리의 둥지는 커다란 나무 위에 있었는데, 풍뎅이는 펄쩍 날아 둥지 위에 올라앉았다. 그런데 독수리는 보이지 않고, 독수리 알만 여러 개 모여 있었다. 풍뎅이는 독수리가 집에 없는 것을 다시 한 번 확인한 뒤, 천천히 독수리 알 앞으로 다가갔다.

'그래, 불쌍하신 토끼님의 원수를 갚자.'

풍뎅이는 알을 하나씩 굴려 땅으로 떨어뜨렸다.

잠시 뒤 둥지로 돌아온 독수리는 소중한 알이 모조리 깨져 있는 것을 보고는 깜짝 놀랐다. 너무도 슬픈 나머지 독수리는 울고 또 울었다. 그 뒤 독수리의 비통한 절규가 반년 동안이나 숲속에 메아리쳤다고 한다.

그로부터 반년이 흘러 다시 산란의 계절이 돌아왔을 때, 독수리는 두 번 다시 비극이 일어나지 않도록, 이번에는 높은 바위산 꼭대기에 둥지를 지어 알을 낳았다.

풍뎅이는 독수리가 둥지에 알을 낳은 것을 알고는, 당장 그 둥지를 향해, 자신의 날개로 오를 수 있는 높이까지는 하늘을 날고, 그 다음부터는 여섯 개의 다리로 바위산을 기어올라, 마침내 토끼의 원수를 갚게 되었다. 이번에도 알을 골짜기에 떨어뜨린 것이다.

어떤 부모라도 자식을 잃는 것은 미래를 잃는 것과 마찬가지인지라 독수리의 비통한 절규가 반년 동안이나 천지를 뒤흔들었다.

다시 그로부터 반년 뒤, 또다시 산란의 계절이 돌아왔을 때, 독수리는 마지막 수단으로, 자신의 수호신인 제우스에게 도움을 청해 그 옷 속에 알을 맡아달라고 부탁했다. 겨우겨우 애기가 잘 되어, 제우스가 맡은 알을 품에 안고 하늘로 오르려고 하는 순간, 세 번째로 풍뎅이가 나타나서 이번에는 제우스의 아름다운 옷에 실례를 하고 말았다. 놀란 제우스는 황급하게 오물을 털어냈다. 그 바람에 그만 독수리의 알을 땅에 떨어뜨리고 말았다. 그 모습을 본 독수리는 슬픔에 앞서 화부터 났다.

"제우스가 과연 수호신이 맞는가? 인간의 어린아이도 하지 않을 실수를 하다니, 과연 신이라 할 수 있을까? 그 정도 신이라면 이제 다시는 찾고 싶지 않다."

제우스로서도 독수리의 입장이 충분히 이해되었다. 독수리는 "이런 신을 지금까지 떠받들어온 것이 저주스럽다."고 말했다. 이렇게까지 말하는 독수리를 그저 바라보기만 하다가 독수리와 풍뎅이의 이 진흙탕 싸움의 중재역을 자신이 책임지고 떠맡기로 했다.

이렇게 해서 싸움이 시작되었지만, 이 심판은 생각했던 것보다 난

항이었다. 그도 그럴 것이, "확실히 그의 얘기를 무시하고 날개로 때린 것은 나빴다."고 먼저 독수리가 잘못을 인정한 데 비해, "사라진 생명과 상처받는 자존심은 두 번 다시 되돌릴 수 없다."며 풍뎅이는 한 발짝도 양보하지 않았던 것이다.

그렇게 되자 독수리도, "그렇다면 내가 잃은 알은 어떻게 되는 거냐."며 흥분했고, 풍뎅이는 작은 곤충이라고는 생각할 수 없을 만큼 침착하게, "그것이 바로 인과라는 것이다."라며 쌀쌀맞기 그지없게 말했다.

둘 다 끝까지 화해할 낌새가 보이지 않자, 결국 제우스는 독수리가 알을 낳는 시기를 풍뎅이가 겨울잠을 자는 겨울로 바꿈으로써, 간신히 중재역으로서의 체면을 유지했다고 한다.

진정한 친구

어떤 지혜로운 사람이 조그만 집을 짓고 있었다. 그의 비좁은 집을 보고 지나가던 사람이 물었다.

"선생님처럼 훌륭하신 분이 왜 이렇게 작고 초라한 집을 짓고 계십니까?"

그러자 그가 대답했다.

"내 진정한 친구가 이 집을 채울 만큼만 있었으면 좋겠소."

가재의 이상형

　바닷가에 가재 모녀가 살고 있었다. 이제 혼기가 찰대로 찬 딸에게 어미 가재가 말했다.

　"훌륭한 분의 눈에 띄려면 너부터 참한 아가씨가 되어야 하는데 말이야."

　그 말을 들은 딸은 어머니 말씀이 무엇을 뜻하는지 알 수 없어서 고민을 했다.

　'어떻게 해야 참한 아가씨가 될 수 있을까? 또 어떻게 보이는 가재가 훌륭한 가재라는 걸까? 몸집이 크고 집게발이 큰 가재일까? 아니면 조그만 애벌레가 껍질을 벗고 멋지게 하늘을 날아오르는 잠자리처럼 무언가 자기의 껍질을 벗어버리는 가재라도 있는 걸까? 아, 그래 맞아. 세상에서 그것보다 멋진 일은 없어. 틀림없이 그것이 훌륭한 가재일 거야.'

　딸 가재는 그날부터 그런 가재를 만나려고 기다리고 기다렸지만 도무지 그런 가재는 나타나지 않았다.

하늘을 날고 싶은 거북

거북이 독수리에게 자기도 하늘을 날 수 있도록 그 방법을 가르쳐 달라고 졸랐다. 그러자 독수리가 거북에게 말했다.

"넌 애초에 하늘을 날도록 만들어지지 않았어. 내가 만약 하늘을 나는 방법을 가르쳐준다고 해도 너는 절대 날 수 없을 거야. 네가 하늘을 난다는 것은 하늘이 두 쪽이 나도 있을 수 없는 일이거든."

그러나 그 말을 듣고도 거북은 한 번만이라도 날게 해달라고 독수리에게 애원을 했다.

하는 수 없이 독수리는 거북을 발톱에 매달아 하늘 높이 날아갔다. 그리고 얼마큼 날아간 뒤 놓아주었다. 그러자 거북은 그 순간 바위에 떨어져 산산조각 나 죽고 말았다.

겁 많은 노인

아주 겁이 많은 노인이 있었다. 그에게는 하나밖에 없는 아들이 있었는데 사냥에 빠져 있는 것이 늘 걱정거리였다. 아들은 매우 용기 있고 씩씩했지만, 노인은 매일 밤 아들이 사자에게 잡아먹히는 꿈을 꿀 만큼 그 걱정이 심각했다.

노인은 궁리 끝에 높은 곳에 넓고 화려한 방을 만들어주고 날마다 아들을 감시했다. 그리고 아들이 심심해할까 봐 방의 벽에 유능한 화가를 시켜 사자 등 여러 동물들을 그려넣게 했다. 그러나 노인의 예상 외로 아들은 심심해서 죽을 지경이었다. 그 권태로움을 이기지 못하고 아들은 어느 날, 사자 그림 앞으로 다가가 이렇게 외쳤다.

"이놈의 사자야! 네가 우리 아버지 꿈에 나타나는 바람에 내가 이 고생을 하고 있다. 그러니 내가 너를 죽여버리고 말겠다!"

그러면서 아들은 사자의 눈을 주먹으로 쳤다. 그런데 벽을 너무 세게 친 나머지 파편이 떨어져 손톱 밑에 박히고 말았다. 아무리 애를 써도 파편은 쉽게 빠지지 않았고, 손가락은 점점 부어오르고 곪아갔다. 결국 손까지 퉁퉁 붓고 열이 올라 아들은 며칠 뒤 죽고 말았다.

성자와 이웃사촌

어떤 마을에 한 남자가 이사를 와서 산 지 40년쯤 되었다. 마을 사람들은 이 사람이 어디서 살다 이곳으로 이사를 왔는지 아무도 몰랐다. 처음에는 신원을 알 수 없는 외지인이라며 이 사람을 멀리하고 때로는 괴롭히기도 했다.

그런데 마침내 그가 나쁜 짓은 절대 하지 않을 뿐만 아니라 고마운 사람이라는 것을 알게 되었다.

이 남자는 집 주위에 있는 조그만 텃밭을 가꾸고 나무열매와 물고기를 잡아서 살아가고 있었다. 마을 사람들에게는 전혀 신세를 지지 않을 뿐만 아니라 질병이나 상처를 치료하는 약초에 대해서도 잘 알고 있었다. 그날의 날씨나 밤하늘의 별의 움직임이나 먼 나라에서 일어난 일에 대한 것까지도 그야말로 모르는 것이 없었다. 물론 그런 것들을 안 것은 그가 마을에 이사를 와서 살기 시작한 지 몇 년이나 지나서였다.

어느 날 한 아이가 놀다가 크게 다쳤는데 목숨이 위태로운 지경이 되었다. 이때 그는 이 아이를 치료하여 죽어가는 목숨을 살려냈다. 그 뒤 마을에 급한 병이나 난치병이 발생하면 모두들 그를 찾게 되었고 그 사람만 찾아가면 병이 곧장 낫게 되었다. 나중에는 마을 사람들 모두가 무슨 일만 있으면 그를 찾아가 의논하고 의지하게 되었다.

온 나라에 유행병이 돌아 수많은 사람들이 죽어갈 때, 이 마을에서도 그 병이 돌았지만 그의 도움으로 한 사람도 죽지 않게 되었다.

이런 일이 있게 되자 그에 대한 소문이 온 나라에 퍼졌고, 임금님까지 그에게 지혜를 빌리러 이 마을을 찾게 되었다.

이때부터 사람들은 그를 성자라 불렀다. 그렇게 유명한 사람이 되었는데도 그는 전과 마찬가지로 숲 속을 걷거나 아이들에게 글을 가르치며 평범하게 살았다.

그런 그가 어느 날 죽고 말았다. 마침내 성자가 죽은 것이다. 그 소식이 온 나라에 퍼지자 임금님이 이 성자의 장례식을 성대하게 거행하려고 했다. 그때 성자의 유해를 왕궁으로 옮기는 일을 맡은 사람은 마침 성자의 집 가까이에 살면서 언제부터인가 성자를 찾아오는 사람들을 상대로 여관을 운영하고 있던 남자였다. 그가 성자의 유해를 운구해 가자 길가에 모인 사람들은 모두 그를 향해 눈물을 흘리며 두 손을 모았다.

왕궁이 가까워질수록 거리는 더욱 사람들로 붐볐고 모두가 그를 향해 합장을 했다. 물론 사람들은 성자와 그의 생전의 덕행에 대해 두 손을 모은 것이지만, 성자의 유해를 운구하는 그 남자가 보기에는 사람들이 마치 자기에게 감사해하며 손을 모으고 있는 것 같았다.

그러는 동안 넘치는 사람들의 장벽 속에서 자신이 마치 성자의 가족인 것 같은, 또는 성자의 수제자인 것 같은 착각에 빠진 남자는 성자의 유해를 어딘지 모르게 자랑스럽게 떠받들고 자신이 개선장군이나 된 것처럼 왕궁을 향해 나아가고 있었다.

자기주장이 강하다 보면?

어느 여름날 정오가 지날 무렵, 숲 속 길 한복판에서 뱀의 머리와 꼬리가 갑자기 말다툼을 하기 시작했다. 뱀의 머리가 꼬리에게 말했다.

"꼬리 주제에 그렇게 멋대로 움직이지 말아줬으면 좋겠어. 내가 나가는 방향에 맞춰서 따라오란 말이야."

그러자 꼬리도 말했다.

"너야말로 나에게 좀 맞춰주면 안 되니? 나는 늘 말없이 네가 하자는 대로 하고 있잖아. 오늘만큼은 난 내가 가고 싶은 방향으로 갈 거야. 도대체 넌 너 좋아하는 대로 가면서 내 의견은 한 번도 물어보지 않잖아? 어디로 가고 싶을 때 '그쪽으로 가고 싶은데 괜찮니?' 하면서 의견을 물어보는 게 예의 아니니?"

"네 말이 맞는다고 치자, 그래 봤자 너한테는 눈이 없잖아? 너에게 길을 맡기면 위험해서 안 돼. 내가 가는 곳을 정하면 넌 그냥 따라올 수밖에 없어. 우리가 한 몸으로 살아온 이상, 처음부터 역할이 그렇게 정해져 있으니 어쩔 수 없지."

이때 뱀의 몸통이 끼어들었다.

"무슨 소리야? 우리는 땅을 기어 다니며 사는 동물이야. 중요한 건 땅을 기는 데 있어서 몸통의 역할이 크다는 걸 알아야 해. 난 눈이 없는 대신 대지를 느끼는 감각은 너희들보다 몇 배나 예민해. 그런 내 감각을 통해서 너희가 판단을 하도록 해주는 것을 모르니?"

그렇게 뱀의 머리와 꼬리가 길 한복판에서 앞으로도 가지 못하고 뒤로도 가지 못한 채, 이러쿵저러쿵 말다툼을 하고 있자, 견디다 못한 몸통이 들고 일어난 것이다. 그리고 다시 말을 이었다.

"뭐라고 말하든 너희 자유지만 머리든 꼬리든 내가 없으면 무슨 소용이야? 내가 보기에, 머리 넌 그저 고개를 들고 주위를 두리번거리고 있을 뿐이지. 또 꼬리 너는 그저 스르륵스르륵 하고 편안하게 따라만 가면 되잖아? 내가 열심히 몸을 비틀지 않으면 앞으로도 뒤로도 나아가지 못해. 결국 너희는 몸통에 붙은 한낱 장식품에 불과하지. 한심한 말장난은 이제 그만하고 조금은 나에 대해 감사하는 마음과 위로하는 마음을 가져줬으면 좋겠어."

그렇게 뱀의 머리와 꼬리와 몸통이 삼파전을 벌이는 동안 태양이 사정없이 내리쬐고 있었다. 그래서 뱀이 정신이 들었을 때는 마른 땅 위에서 몸이 말라버려 꼼짝도 할 수 없게 되고 말았다.

어머니의 귀를 물어뜯은 사형수

한 어머니에게 아들이 있었다. 아이는 어릴 적부터 책과 연필 등 남의 물건을 잘 훔쳐가지고 집으로 왔다. 어머니는 그 사실을 알게 되었지만, 야단을 치기는커녕 오히려 격려와 칭찬을 해주었다.

"호호, 또 친구 것을 가지고 왔니? 그래, 잘했다. 하지만 너무 큰 것을 훔치지는 마라."

어머니가 가난해서 옷을 사 입을 수 없자, 아이는 옷을 훔쳐 와서 어머니에게 주었다. 어머니는 미소를 지으며 흐뭇해했다.

어느덧 아이가 자라 청년이 되었다.

남의 물건을 훔치는 것이 버릇이 된 청년은 이제 아주 귀한 물건들을 훔쳐서 어머니에게 갖다 주었다.

그러던 어느 날 그는 도둑질을 하고 있던 현장에서 붙잡히고 말았다. 죄가 크다 보니 죗값을 크게 치를 수밖에 없었다.

이윽고 등 뒤로 손이 묶인 채 그는 사형장으로 끌려갔다. 그를 따라 걸어가던 어머니는 그때서야 가슴을 치며 통곡을 했다. 슬퍼하는 어머니의 모습을 본 청년은 마지막으로 어머니에게 할 말이 있다고 했다. 어머니는 아들이 무슨 말을 하는지 듣기 위해 귀를 가까이 댔다. 그러자 그는 자신의 이로 어머니의 귀를 단숨에 물어뜯었다. 그러자 어머니는 깜짝 놀라 마구 야단을 쳤다.

"이제 도둑질도 모자라서 어미의 귀를 물어뜯어? 이런 호래자식 같으니라고!"

그러자 아들도 눈물을 흘리며 외쳤다.

"내가 도둑질 할 때마다 어머니가 야단치고 매질을 했더라면 이렇게 사형장에 끌려가는 신세가 되진 않았을 텐데, 어머니가 제 인생을 망쳐놨다고요!"

거북이 모르는 세상

조그만 늪에 거북 한 마리가 살고 있었다.

해마다 겨울이 되면 오리들이 늪으로 날아왔다가 겨울을 나고 봄이 끝나갈 무렵이면 일제히 늪에서 날아올라 전에 자신들이 살던 곳을 향해 날아갔다. 늪에서 태어나고 늪에서 자란 거북은, 즉 늪에서 한 번도 바깥으로 나가본 적이 없는 거북에게는 오리들의 삶이 매우 신비로워보였다.

늪이나 늪 주위에 대한 것이라면 거북은 모르는 것이 없었다. 그렇지만 그보다 먼 곳은 전혀 알 수 없었고, 알려고 하지도 않았다. 거북에게 있어서 늪은 살기 좋은 세상이었다.

거북은 조상 대대로 그 늪에서 살아왔고, 그동안 어떤 불편도 느낀 적이 없었다. 그렇지만 거북은 해마다 어디선지 모르게 날아와서 다시 어딘가로 날아가는 오리들을 보노라면 문득 늪 밖은 어떤 세상일까 하는 생각이 들었다. 지금까지 거북에게 있어 세상은 바로 늪이 전부였다. 늪 이외의 세상이 있다는 것은 한 번도 생각해본 적이 없었다. 그런데 저 오리들은 어디서 와서 어디로 가는 것일까 하는 생각이 든 순간부터 거북은 늪과 늪이 아닌 곳에 존재하는 세상에 대한 궁금증에 잠을 잘 이룰 수 없을 정도였다. 그러고 보니 오리들은 그 두 세상을 오가고 있는 것이 아닌가. 마치 물속과 물 밖이 있는 것처럼…….

'이 늪이 살기 좋은 곳이라는 것은 알고 있어서 오리들은 해마다 이 늪을 찾아오는 것이 아닌가. 그렇지만 반드시 다시 날아가는 것을 보면 이 늪 외에도 틀림없이 어딘가 먼 곳에 멋진 세상이 있는 거야, 그게 틀림없어.'

거북은 그렇게 믿기에 이르렀다

'한 번만이라도 좋으니 이 늪 밖의 세상을 보고 싶다…….'

그런 소원을 품은 거북은 자신도 오리들이 날아가는 세상 쪽으로 날아가 보기로 했다. 그러고는 열심히 날개를 찾고 또 찾았다.

손 안의 참새

　자칭 도사라는 사람이 신탁이 속임수에 불과하다는 것을 증명해보이겠다면서 사람들 앞에서 큰소리치며 약속을 했다.

　약속한 날, 그는 작은 참새를 손에 쥐고 외투자락으로 가린 채 사람들이 모여 있는 신전으로 갔다. 그리고 신탁을 말해주는 신과 마주쳤다. 그러고는 자기가 손에 쥐고 있는 것이 죽은 것인지, 산 것인지 신에게 물었다.

　신이 '죽은 것'이라고 말하면 살아 있는 참새를 내보이고, 신이 '산 것'이라고 말하면 새를 손으로 죽인 뒤에 내보일 작정이었다. 신은 그의 사악한 의도를 알아차리고는 이렇게 말했다.

　"네가 지금 쥐고 있는 것이 산 것인지, 죽은 것인지는 네 마음에 달려 있다."

돌팔이 의사

어떤 환자가 의사들로부터 진료를 받았다. 그 중에는 돌팔이 의사도 있었지만 환자는 이 사실을 까맣게 모르고 있었다. 다른 의사들은 그 환자에게 죽을병에 걸린 것은 아니고 다만 회복이 느릴 뿐이라고 진단했는데, 돌팔이 의사만은 하루도 못가서 죽을 것이라며 모든 것을 정리하라고 말했다.

며칠 뒤 그 환자가 자리에서 일어나 바깥으로 걸어 나갔다. 얼굴은 창백하고 걸음걸이는 비틀거렸다. 우연히 그를 본 돌팔이 의사가 그에게 물었다.

"저승 사람들은 요즈음 어떻게 살고 있지요?"

환자가 대답했다.

"그들은 망각의 강물을 마셨기 때문에 아주 평온하게 살지요. 그러나 요즈음 저승에서는 큰 소동이 벌어졌답니다. 염라대왕이 모든 의사들에게 무시무시한 위협을 했거든요. 의사들이 환자들을 자연스럽게 죽도록 내버려두지 않고 치료를 자꾸 하기 때문이라더군요. 그래서 염라대왕은 의사들의 이름을 명부에 적어두고 호출을 하려고 한답

디다. 당신 이름도 거기 써넣으려고 해서 제가 엎드려 제발 당신 이름

은 쓰지 말아달라고 애걸했지요. 당신은 진짜 의사가 아니고, 부당하

게 의사로 오해를 받은 것이라고 말입니다."

옹기장수 아내와 정원사 아내

어떤 사람이 두 딸을 두었는데 하나는 정원사에게, 또 하나는 옹기 장수에게 시집을 보냈다. 얼마 뒤 그는 정원사의 아내가 된 딸을 찾아 가 어떻게 지내는지, 남편의 사업은 잘 되는지 물었다.

딸은 모든 것이 만족스러운데 단 한 가지 신에게 부탁할 것이 있다 고 말했다. 나무들이 잘 자라도록 비를 풍족하게 내려달라는 소원이 었다.

며칠 뒤 그가 이번에는 옹기장수의 아내가 된 딸을 찾아가서 어떻 게 지내는지 물었다. 딸은 부족한 것이 아무것도 없는데, 단 한 가지 소원이 있다고 말했다. 날씨가 늘 맑아서 옹기들이 햇볕에 잘 마르기 를 바란다는 것이었다.

"너는 맑은 날씨를 바라고 네 언니는 비를 바란다면, 난 누구를 위 해 기도를 해야 하느냐?"

가만히 있으면 중간은 간다

어느 날, 닭 한 마리가 땅바닥을 샅샅이 뒤지다가 우연히 진주 한 알을 발견했다.

'뭐야, 옥수수인가 했더니…….'

어느 날, 사냥개 한 마리가 숲에서 주인이 쏜 사냥감을 찾다가 우연히 사금이 든 자루 하나를 발견했다. 그리고 생각했다.

'뭐야, 겨우 찾았나 했더니…….'

높은 벼슬을 하고 있는 집의 종이 어느 날 광을 청소하다가 손으로 쓴 매우 귀중한 책을 발견했다.

'뭐야, 헌책이잖아. 불쏘시개로 안성맞춤이군.'

그러고는 주인에게 물어보지도 않고 불태워버렸다.

행운보다 불행이 더 많은 까닭

악령들은 불행을 다스리는 여신이 다스리고 있었다. 이 악령들은 행운의 여신이 다스리는 요정들이 나약할 것이라고 생각하고 심심할 때마다 공격하며 괴롭혔다. 이를 견디다 못한 요정들이 하늘나라로 올라가 제우스 신에게 물었다.

"불행의 악령들이 우리를 너무 괴롭혀서 더는 못살겠어요. 저희 요정이 사람들을 도와주고 싶어도 사람들에게 다가갈 수가 없다고요. 어떻게 해야 되죠?"

제우스 신은 한꺼번에 몰려가지 말고 악령들이 모르게 하나씩 내려가서 사람을 만나라고 지시했다. 이렇게 해서 악령들은 지상에 머물면서 사람들을 언제나 못살게 구는 반면, 행운의 요정들은 하늘에서 하나씩 몰래 내려와야 하기 때문에 오랜 간격을 두고 가끔 사람들을 방문하게 되었다.

소원 세 가지가 이루어지다

옛날 어느 마을에 그리 부유하지도 않지만, 그렇다고 양식을 걱정할 정도로 가난하지도 않으면서 건강하게 살아가는 집이 있었다.

어느 따뜻한 봄날, 그 집의 가족들이 점심식사를 마치고 단란한 한때를 즐기고 있는데, 갑자기 어디서 왔는지 한 천사가 나타나 이렇게 말했다.

"당신들에게 무슨 소원이든지 세 가지를 들어주겠다."

너무 갑자기 일어난 일이라 뭐라고 대답해야 할지 몰라 모두 어리둥절해하고 있었다. 그러자 천사가 다시 한 번 말했다.

"특별히 찾아와 소원을 들어주겠다고 하는데 별로 기쁘지 않은 모양이군. 얼른 소원을 말하지 않으면, 이 이야기는 없었던 것으로 하겠다. 이래봬도 난 바쁘신 몸이란 말이다!"

그들은 이렇다 하게 특별히 절박한 사정도 없었기 때문에 머뭇거리다가 지극히 평범하고도 누구나 생각할 수 있는 것을 말했다.

"그럼 돈을 주십시오."

"얼마나 주면 되겠느냐? 정확하게 얼마큼이라고 해야지 막연하게 말하면 안 되지 않느냐?"

"그야 뭐 다다익선이 아니겠습니까?"

그 말이 떨어지기 무섭게 다락에 있는 돈을 넣어두는 항아리 속에서 금화가 물처럼 넘쳐흘렀다. 금화는 금방 방으로 흘러내려와 방 안은 금화로 가득 찼다. 그리고 그 무게로 바닥이 삐걱거리기 시작했다. 그래도 금화는 계속 흘러넘쳐 드디어 집이 기울어져서 금방이라도 금화에 온 가족이 깔릴 지경이 되었다.

마침내 집 안에 있던 온 가족은 "제발 소원이니 금화가 나오는 것을 멈춰주십시오!"라고 소리쳤다. 그러자 금화가 넘치는 것은 멎었지만 그래도 집은 여전히 삐걱거리며 당장이라도 무너질 것 같았다. 그때 누군가가 소리쳤다.

"앗! 큰일 났어요. 집 안에 아기가 자고 있어요!"

그 말을 들은 가족들은, 이번에는 전보다 크게 소리쳤다.

"제발 소원이니 금화를 없애고, 어서 원래대로 만들어주시오!"

그러자 금방 집이 원래대로 돌아가는가 싶더니 그와 함께 금화도 사라져버렸다. 그때 천사가 말했다.

"그럼 세 가지 소원이 다 이루어진 거지?"

이 말을 남기고 바쁘게 어딘가로 사라져버렸다.

양과 늑대의 신사협정

늑대의 날카로운 이에 걸려들어 목숨을 잃고, 먹이가 되어 사라져 간 양의 수는 헤아릴 수 없이 많았다. 그런 피의 전쟁을 끝내기 위해 늑대와 양이 평화협정을 맺었다. 비참한 살육의 역사에 마침내 종지부를 찍은 것이다.

한편 양이 늑대를 습격하는 일은 물론 한 번도 없었지만, 양들이 인간의 보호를 받게 된 뒤부터는, 늑대들은 또 그 양치기들에 의해 목숨을 잃게 되었다. 그리고 때로는 그들의 모피가 되어버리는 공포 속에서 양과 싸워야 했다.

아득히 먼 옛날, 양이 인간의 가축이 되기 전에는 서로의 관계가 이렇게까지 살벌하진 않았다. 물론 늑대가 양을 습격하고 있었지만 늑대는 꼭 양뿐만 아니라 여러 가지 다른 동물도 습격했고, 또 얼마든지 몸조심을 한다면 습격을 받더라도 기껏해야 한두 마리가 희생될 뿐이었다. 때로는 물러날 때를 놓친 게으른 늑대를 양들이 에워싸고 밟아 죽이는 일까지 있었다.

그런데 인간들이 양은 물론 여러 다른 동물들을 모두 자기들의 소유 하에 둔 다음부터 양상이 달라졌다. 그들을 보호한다는 명분으로 숲을 침략하여 동물들을 차례차례 죽이고 만 것이다. 그래서 이제 인간에게 저항하면서 옛날 생활을 고수하는 것은 마침내 늑대만 남게 되었다.

게다가 늑대에게 가장 괴로운 것은 간간이 늑대새끼를 유인해 옆에 두고 키우면서 끈기 있게 길들여 마침내 개라고 하는, 늑대와 비슷한 것 같으면서도 다른 것을 만들어내어 인간을 위해 일하게 만든 일이었다. 그것은 정말 인간이기에 할 수 있는 일이었지만, 그렇게 가축이 되어버린 개를 늑대들은 도저히 용서할 수가 없었다.

숲에는 이제 먹잇감도 완전히 줄어들어 늑대들은 양과 그것을 보호하는 개들과는 전투에 온 힘을 다해야 하는 궁지에 몰려 있었다. 그래서 평화 교섭은 실은 이런 현실을 타개하기 위해 늑대들이 들고 나온 마지막 도박이기도 했다.

늑대들이 짜내고 짜낸 평화조건은 다음과 같았다.

첫째, 이 협정의 체결 이후, 늑대는 일체 양들을 습격하시 않는다. 그 대신, 개들도 늑대들과 일체 전투를 하지 않기로 한다.

둘째, 그 보증으로 양은 자신들의 새끼를 늑대에게 볼모로 맡긴다. 물론 늑대도 자신들의 새끼를 양들에게 볼모로 맡긴다.

늑대들이 제안해온 이 평화안은 양들에게도 바람직한 내용이었다. 물론 볼모를 빼앗기는 것은 슬프지만, 그 점에 있어서는 늑대도 같은 조건이었으므로 그것에 의해 평화가 약속되기만 한다면, 그것이 가져 다줄 평화는 오히려 양들에게 더 유리한 거래로까지 생각되었다.

그리고 생각해보면, 태어나는 새끼의 수는 양이 더 많았고, 또 이쪽의 마지막 카드인 개라는 강력한 아군에 대해 협정에서는 무엇 하나 정해져 있지 않았다. 즉 양을 보호하는 개들이 있어서 안전이 보장되는 한 상황은 지금보다 좋아지면 좋아졌지, 나빠질 것이 없다고 양들은 생각했다.

이렇게 해서 늑대와 양 사이에 서로의 역사가 시작된 이래 처음으로 평화협정이 맺어졌다. 서명과 함께 현재와 미래를 향한 평화의 증거인 볼모도 교환되었다. 그리고 평화가 찾아왔다. 약속한 대로 늑대들이 숲에서 나오는 일이 없어지자, 양들은 모두 전에 없이 깊고 편안한 잠을 잤으며, 밤을 새며 불침번을 설 필요가 없어진 개들 역시 편안한 밤을 만끽했다. 이리하여 평온하게 1년이 흘렀다. 그동안 늑대들은 때가 무르익기만을 기다리고 있었다.

그럼 숲 깊숙이 자취를 감춘 늑대들은 협정을 맺은 뒤 어떻게 지내고 있었을까? 양도 습격하지 않고, 먹잇감도 적어진 숲 속에서 도대체 무엇을 먹고 살고 있었을까?

실은 늑대들은 볼모로 잡은 새끼 양들을 잘 키워서 통통하게 살찌운 다음, 적당한 때를 보아 한 마리씩 잡아먹고 있었다. 이것은 반드시 협정 위반은 아니었다. 협정에는 단 한마디도 볼모로 잡아둔 것을 먹어서는 안 된다는 규정이 없었고, 설사 규정이 있다 하더라도 늑대들은 같은 짓을 했을 것이다. 그렇지 않으면 굶어죽을 판이었기 때문이었다. 늑대는 양이나 개와 달리 인간에게서 먹이를 얻어먹고 있지 않았던 것이다.

물론 늑대들은 그 사실이 탄로 나지 않도록 세심한 주의를 기울였다. 깊은 숲에서 한 발짝도 나가지 않았던 것도 바로 그것 때문이었고, 더더욱 늑대들에게는 그 사실을 계속 숨길 필요가 있었다. 무슨 일이 있어도 열두 번째 보름달이 뜰 때까지는…….

그리고 마침내 늑대들이 기다리고 기다리던 밤이 찾아왔다. 볼모로 잡혀 얌전하게 지내고 있던 늑대 새끼들이 엄니를 드러낸 것이다. 1년 전에는 그저 어린 강아지 같았던 늑대 새끼들은 개와 함께 먹이를 충분히 먹고 자라 이제 어엿하고 늠름한 늑대로 성장해 있었다. 그리고 그들은 야생의 전사로서 부모한테서 누누이 주입받았던 임무를 한시도 잊은 적이 없었다. 열두 번째 보름달이 뜬 밤에 먼저 잠든 개들의 숨통을 끊어놓은 다음, 양을 습격해 그것을 선물로 들고 그리운 숲으로 다시 돌아간다는 임무를…….

이리의 트집 잡기

이리 한 마리가 물을 마시려고 산골짜기에 있는 개울가로 어슬렁거리며 내려왔다. 그런데 마침 개울 아래쪽에서 아기 양 한 마리가 신나게 물장난을 치고 있었다.

"옳지, 시장기가 돌던 참에 잘 걸렸다."

이리는 이렇게 중얼거리면서 아기 양에게로 다가갔다. 그러고는 제법 점잔을 빼며 이것저것 트집을 잡기 시작했다.

"네 이놈, 어른이 마시는 물에서 장난을 치고, 온통 흙탕물을 만들면 되겠느냐?"

"아이참, 아저씨도. 아저씨가 물을 마시는 곳은 저 위쪽이고 제가 목욕을 하는 곳은 여기인데, 어떻게 흘러내리는 물이 높은 곳에 있는 아저씨네 물을 흐리게 할 수 있나요?"

아기 양은 무서움에 벌벌 떨면서도 이치를 따져 또박또박 말했다.

"그래, 그건 그렇다 치고. 그럼 작년에 왜 나한테, 이 못된 이리 놈아 하고 욕을 하며 도망갔느냐?"

"아저씨도 참, 저는 세상에 태어난 지 아직 채 돌도 안 되었는데요."

"그럼 그게 바로 네 아비 놈이었구나. 어쩐지 생김새도 비슷하더라니. 그런데 나보고 아저씨라고 하면서 말대답을 꼬박꼬박 하는 버르장머리는 어디서 배웠느냐, 이 못된 놈아!"

이리는 더 트집 잡을 것이 없자 으르렁거리며 오들오들 떨고 있는 아기 양을 잡아먹고 말았다.

겁쟁이 토끼의 자아 발견

옛날, 어느 깊은 산골의 숲 속에 한 떼의 토끼들이 살고 있었다. 그런데 이 토끼들은 무척 겁쟁이였다. 나뭇잎이 바스락 하고 떨어져도 깜짝 놀라 가슴을 누르고, 다람쥐가 도토리를 따는 소리에도 너무 무서워서 오들오들 떨었다. 그래서 어느 날, 모두 모여 회의를 했다.

"여러분, 우리는 왜 이렇게 약할까요? 도대체 누구와 싸워도 이길 수가 없으니……."

한 토끼가 이렇게 말하자, 모두들 너도나도 덩달아 야단들이었다.

"정말 그래요. 우리에겐 곰이나 늑대처럼 튼튼한 이도 없고, 날카로운 발톱도 없고 새들처럼 날지도 못해요."

다른 토끼가 이렇게 말했다.

"너무도 슬픈 일입니다. 여우가 오면 죽을힘을 다해 도망가야 하고, 개가 와도 숨어야 하고, 독수리가 덤비면 달아나야 합니다. 하늘을 봐도 땅을 봐도, 모두 우리보다 힘센 놈들뿐입니다."

이때, 이야기를 듣고 있던 늙은 토끼 한 마리가 무엇인가 결심한 듯 일어나서 말했다.

"여러분, 이렇게 매일매일, 그리고 하루 온종일 마음을 졸이며 살 수는 없습니다. 겁쟁이 노릇을 하며 살 바에는 차라리 죽는 편이 더 낫지 않겠습니까? 우리 모두 산 밑의 연못에 가서 빠져 죽읍시다."

"그래요, 그게 낫겠어요."

"정말 좋은 의견입니다."

겁쟁이 토끼들은 저마다 이렇게 한마디씩 하며 모두 늙은 토끼를 따라 나섰다.

그런데 연못가에는 마침 개구리들이 모여서 개굴개굴 노래를 하며 재미있게 놀고 있었다.

그때, 토끼들이 떼를 지어 깡충깡충 뛰어오자, 그것을 보고, "아이쿠, 큰일 났다! 토끼들이 쳐들어오고 있어. 어서들 서둘러야 해." 하며 모두들 물속으로 첨벙첨벙 뛰어들기 시작했다.

이것을 본 늙은 토끼가 말했다.

"허허, 이 세상에는 우리보다 더 약한 동물도 있구나! 개구리들이 우리를 무서워하는 것을 보니 우리 처지가 그렇게까지 약하고 슬픈 것은 아니로구나."

토끼들은 다시 용기를 얻고는 모두들 산으로 되돌아갔다.

곰이 자네에게 뭐라고 하던가?

두 사람의 친구가 함께 여행을 떠나면서 무슨 일이 생기면 서로 도와주기로 굳게 약속했다.

마침내 깊은 산골짜기를 지나다가 커다란 곰을 만나게 되었다.

두 사람은 깜짝 놀라 도망치려 했지만 이미 그럴 틈도 없이 곰이 다가왔다. 그런데 한 친구는 용케 옆에 서 있는 높다란 나무 위로 올라갈 수 있었다. 그래서 옆에 있는 친구는 돌아보지도 않고 냉큼 나무 위로 기어 올라갔다.

나머지 한 친구는 할 수 없이 그 자리에 얼른 누워서 죽은 체하며 숨을 죽였다. 곰은 원래 죽은 사람은 잡아먹지 않는다는 말을 들은 적이 있었기 때문이었다.

어슬렁거리며 누운 사람에게로 다가온 곰은 코를 대고 킁킁 냄새를 맡기 시작했다. 누운 사람은 진짜 죽은 사람처럼 꼼짝하지 않고 가만히 있었다.

한참 있다가 곰은 "허어, 이건 죽은 놈이로군. 아까운 녀석이지만 어쩐담." 하며 다시 숲 속으로 사라졌다.

곰이 사라지자, 나무에 올라갔던 친구가 얼른 내려와서는 아직도 엎드려 있는 친구를 흔들어 일으키며 말했다.

"정말 등골에 식은땀이 줄줄 흐르더군. 그 큰 놈이 네게로 가서 냄새를 맡고 있을 때는 꼭 네가 죽는 줄 알았어. 하지만 이렇게 무사하니 얼마나 다행인가. 그런데 곰이 자네에게 뭐라고 하던가?"

그러자 엎드려 있던 친구가 고개를 들고는 말했다.

"그게 궁금한가? 곰이 내게 이런 충고를 하더군. 친구의 목숨이 위험할 때 자기만 도망치는 사람과는 절대 사귀지 말라고……."

❖ 슬기로운 노예 이솝

노예의 슬픔

노예로 태어난 이솝은 그 어느 누구보다도 삶의 지혜로 가득 찬 사람이었다. 그는 프리지아 사람으로, 기원전 552년경 갈라티아의 아모리움이란 곳에서 태어났다.

이솝은 남달리 뛰어난 재주를 가졌지만, 그 얼굴만은 차마 사람이라고 생각되지 않을 만큼 매우 흉하고 못생긴 모습이었다. 더욱이 이솝은 말도 제대로 하지 못하는 심한 말더듬이였다. 그러나 이솝의 마음은 언제나 드넓은 하늘처럼 자유로웠기 때문에 다른 노예들처럼 기가 죽지 않았다.

이솝이 섬겼던 첫 번째 주인은 이솝을 시골로 보내 농사나 짓고 살도록 했다. 그 이유는 두 가지로 추정되는데, 이솝이 할 수 있는 일이 고작 그 정도밖에 되지 않는다고 생각했기 때문이었거나 아니면 너무 못생겨서 아예 눈에 띄지 않는 곳으로 보내기 위해서였다.

그런데 어느 날 그 주인이 시골집에 갔을 때, 농부 한 사람이 무화과 열매를 가져다주었다. 주인은 그 무화과가 매우 먹음직스러운 것을 보고, "목욕을 하고 나서 먹을 테니 상하지 않도록 잘 두어라." 하고 요리사인 아가토푸스에게 명령해두었다. 그때 밭에서 일하고 있던 이솝이 무언가 볼일이 있어 집으로 돌아왔다. 아가토푸스는 이솝의 모습을 보고는, '옳다구나, 마침 잘 됐다.' 하고 생각하고 두서너 명의 친구들에게 눈짓을 하고는 그 친구들과 함께 무화과를 모두 먹어치웠다. 물론 그 누명을 이솝에게 뒤집어씌울 속셈이었다.

틀림없이 이솝은 죄를 뒤집어쓰더라도 변명도 한마디 못할 것이라고 생각했기 때문이었다. 그만큼 이솝은 심한 말더듬이였고, 따라서 다른 사람들에게 못난이처럼 여겨졌던 것이다.

그런데 그 무렵의 노예들은 조그만 잘못을 저질러도 아주 심한 벌을 받았다. 그러니 주인의 음식을 훔쳐 먹은(물론 그러지는 않았지만) 이솝이 주인에게 받게 될 벌은 뻔했다.

이윽고 억울하게 죄를 뒤집어쓴 가엾은 이솝은 주인의 발아래 무릎을 꿇고 엎드려, "제발 저에게 잠시 시간을 좀 주십시오. 그러면 주인님께 제가 죄가 없다는 것을 보여드리겠습니다." 하고 손짓과 몸짓으로 열심히 자기의 뜻을 전했다.

다행히 이솝의 말하려는 뜻이 주인에게 잘 전달되어 시간을 얻을 수 있었다.

이솝은 곧 미지근한 물을 떠오더니, 주인이 보는 앞에서 그것을 단숨에 들이켰다. 그런 다음 손가락을 목구멍 깊숙이 집어넣어 금방 마신 물을 모두 토해냈다. 그 속에는 무화과 찌꺼기 같은 것은 물론 섞여 있지 않았다.

이솝은 무화과를 먹지 않았다는 증거를 분명히 밝히고 난 뒤, 아가토푸스와 그의 친구들에게도 같은 일을 하게 해달라고 주인에게 몸짓으로 부탁했다.

무화과를 훔쳐 먹은 못된 사람들은 이솝의 행동에 그만 놀라고 말았다. 설마 멍청이 같은 이솝에게 이런 꾀가 있으리라고는 꿈에도 생각지 못했기 때문이었다. 그러나 그들은 일부러 태연한 척 꾸미면서 미지근한 물을 마셨다. 그러고는 이솝이 했던 것처럼 손가락을 입 속에 찔러 넣었다. 하지만 그들은 자칫 잘못하여 게우지 않도록 조심하면서 깊이 찔러 넣지 않았다. 그러나 진실을 그렇게 쉽게 속일 수는 없었다. 먹은 지 얼마 되지 않아 잘 삭지 않은 빨간 무화과 찌꺼기가 토해졌던 것이다.

이렇게 해서 이솝은 자기의 억울한 누명을 슬기롭게 벗을 수 있었다. 결국 아가토푸스와 친구들은 음식을 훔쳐 먹은 죄에다 남에게 죄를 뒤집어씌우려던 나쁜 죄까지 합해 두 가지의 무거운 벌을 받았다.

다음날, 이솝이 여느 때처럼 밭에서 일을 하고 있을 때 길을 잃어버리고 헤매던 네댓 명의 나그네가 마을로 가는 길을 물었다. 말더듬이인 이솝은 우선 나그네들을 시원한 나무 그늘 아래로 데리고 가서 쉬게 한 다음, 먹을 것까지 대접하고 자기가 직접 그들을 큰길까지 데려다주었다. 나그네들은 무척 흐뭇해하며, "이 친절하고 착한 사람에게 부디 행운을 내려주십시오." 하고 두 손을 하늘로 뻗쳐 제우스 신에게 이솝의 행운을 빌어주었다.

나그네들과 헤어진 이솝은 돌아오는 길에 더위와 피로에 지쳐, 길가 나무 그늘에서 잠시 쉬다가 깜박 잠이 들었다.

이때 이솝은 굉장히 신기한 꿈을 꾸게 되었다. 그것은 신이 그의 앞에 나타나 움직이지 않던 그의 혓바닥을 부드럽게 해주고, 무슨 말이든지 마음먹은 대로 자유롭게 할 수 있게 해주는 것이었다. 너무 기쁜 나머지 이솝은 벌떡 일어나며 말했다.

"야아, 정말 놀랐는걸! 내가 마음대로 말을 할 수 있다니! 보리, 달걀, 그밖에 무슨 말이든 생각난 대로 말할 수 있게 되었어!"

그런데 그것은 꿈이 아니었다. 정말 그렇게 지껄이고 있었던 것이다.

이 뜻밖의 일로 이솝은 새 주인을 만나게 되었다.

이솝이 일하고 있던 집에 제나스라는 노예 감독이 있었다.

어느 날, 제나스는 조그만 잘못을 저지른 노예에게 몹시 매질을 하고 있었다. 이 모양을 보다 못한 이솝은 도저히 참을 수가 없어서 이렇게 말했다.

"그렇게 남에게 심하게 굴면 감독님도 머지않아 좋지 않은 일이 생기게 될 것입니다."

하찮은 노예 따위에게 이런 소리를 들은 제나스는 몹시 화가 났다. 그래서 앙갚음을 하기로 마음먹고는 주인한테 가서 이렇게 거짓말을 했다.

"나리, 정말 이상한 일이 생겼습니다. 저 말더듬이 프리지아 녀석이 마음껏 말을 지껄일 수 있게 되었지 뭡니까? 그런데 그 녀석은 하느님의 은혜로 말을 할 수 있게 되었건만, 마구 하느님에게 욕을 하지 뭡니까. 게다가 툭하면 나리님에게도 욕을 해댑니다."

주인은 제나스의 말을 곧이듣고 그 따위 눈에 거슬리는 괘씸한 놈은 남에게 주어버려도 조금도 아깝지 않다고 생각했다. 그래서 제나스에게 말했다.

"이솝을 너에게 줄 테니 마음대로 해라."

하루는 사기꾼 한 사람이 찾아와 돈을 많이 줄 테니 가축을 팔 수 없겠느냐고 물었다.

"안됐지만 가축은 내 마음대로 팔 수가 없습니다. 하지만 노예라면 팔아도 괜찮은 놈이 하나 있긴 있습니다만……."

그렇게 말하고 제나스는 이솝을 장사꾼에게 데리고 왔다. 장사꾼은 이솝을 옆 눈으로 힐끗 보더니, 반은 기가 막히고 반은 우습다는 듯이 한번 웃고는 그 자리를 떠나려고 했다. 그러자 돌아서서 가려는 장사꾼을 이솝이 불러 세웠다.

"나리, 마음에는 드시지 않을 테지만 저를 사도록 하세요. 제법 쓸모가 있을 겁니다. 만일 나리에게 어린애들이 있다면 엉엉 울 때 제 얼굴을 보이면 울음을 뚝 그칠 것이고, 말을 잘 듣지 않을 때는 도깨비가 잡아간다고 하면서 저를 데리고 가면 좋을 것입니다."

장사꾼은 이 재치 있는 말솜씨가 무척 마음에 들었다. 그래서 제나스에게서 이솝을 샀다. 그리고 기분이 좋은 듯 이렇게 말했다.

"참, 고마운 일이로군. 별로 돈벌이가 될 만한 것은 사지 못했지만, 덕분에 별로 돈도 쓰지 않게 되었군."

이 장사꾼은 여러 가지 물건과 함께 노예도 사고팔고 하는 사람이었다. 어느 날, 이 장사꾼이 이오니아의 수도인 에페수스로 물건을 팔러 가게 되었다. 장사꾼은 많은 노예들에게 각각 자기에게 알맞은 짐보따리를 맡아 지고 가라고 했다.

이솝은 친구 노예들에게, "처음이라 아무것도 모르니 잘 부탁드립니다." 하고 고개를 숙여 인사했다. 그러자 노예들은 못생긴 이솝을 보고는 깔보며, "그래? 그럼 별 도움이 못 되겠군. 정 무엇 하다면 맨몸으로 가도 좋소." 하고 빈정거렸다.

이 말을 들은 이솝은 마음이 무척 상하고 화가 나기도 했다.

"할 수 있을지 어떨는지는 모르지만 아무튼 저에게도 무언가를 맡겨주십시오."

이솝이 이렇게 말하자, 노예들은 그에게 마음대로 원하는 것을 고르게 했다.

이솝은 빵이 가득 들어 있는 커다란 광주리를 나르겠다고 했다. 그 광주리는 다른 어떤 짐보다도 크고 무거운 것이었다.

"역시, 저 녀석은 멍텅구리야."

노예들은 저희들끼리 마주보며 킬킬거렸다.

그런데 점심때가 되어 노예들은 이솝이 메고 온 광주리에서 빵을 꺼내먹게 되었다. 그래서 이솝의 짐은 그만큼 가벼워졌다. 그날 저녁에도, 그리고 그 이튿날에도, 이렇게 식사를 할 때마다 빵은 자꾸 줄어 마침내 이틀 저녁 무렵에는 아무것도 남지 않게 되었다. 그래서 결국 이솝은 아무것도 갖지 않고 가볍게 걷게 되었다.

이솝을 깔보던 노예들은 그제야 이솝의 깊은 지혜를 알고 모두들 깊이 감탄했다.

그 뒤 이솝은 크산투스라는 학자에게 팔려갔다.

자유의 몸이 된 이솝

학자인 주인마저도 슬기롭고 꾀 많은 이솝에겐 이따금 코가 납작해지는 일이 있었다. 또 도움이 되는 일도 많았다.

하루는 크산투스가 제자들과 더불어 술잔치를 벌였다. 그 술시중을 들던 이솝은 이윽고 선생과 제자들이 몹시 술에 취한 것을 보고는 이렇게 일러주었다.

"조심하세요. 술을 너무 많이 마셔서 취하게 되면 생각 밖의 일을 저지르게 됩니다."

"쳇, 노예 주제에 무슨 건방진 소리야!"

사람들은 이솝의 말에 코웃음을 치며 끊임없이 술을 마셔댔다. 그러는 사이에 어느새 곤드레만드레 술에 취한 크산투스는 바닷물을 모두 마실 수 있다고 허풍을 떨었다.

제자들은 그저 빙그레 미소 지을 뿐 아무도 대꾸를 하지 않았다. 그러자 크산투스는 다시 한 번 바닷물을 몽땅 마실 수 있다고 우겨댔다. 정 못 믿겠으면 자기 집을 걸고 내기를 해도 좋다고 큰 소리를 쳤다. 그러면서 내기를 건 증거로 자기의 반지를 뽑아놓았다.

다음날 이솝은 술이 깬 크산투스에게, 술에 취해서 바닷물을 모두 마실 수 있다는 내기를 걸었으며 그 증거로 반지를 뽑아놓은 일을 말해주었다. 그리고 그뿐만 아니라 내기에서 지게 되면 집까지 빼앗기게 된다는 것을 이야기해주었다.

"아, 내가 왜 쓸데없이 그런 바보짓을 했을까. 이솝, 무슨 좋은 수가 없겠니? 제발 부탁이니 나를 좀 도와주렴."

그제야 얼굴이 새파랗게 질린 크산투스는 이솝에게 부탁했다.

"안심하세요. 좋은 수가 있으니까요."

이솝은 자신 있는 말투로 말했다.

마침내 내기를 하기로 한 날이 돌아왔다. 사모스에 사는 사람들은 모두 터무니없는 허풍을 떨며 망신을 당하게 될 학자의 모습을 보려고 바닷가로 모여들었다.

누가 보더라도 이 내기는 크산투스의 제자들이 이길 것이 뻔했다. 그런데 바닷가에 나타난 크산투스는 조금도 기가 꺾인 기색이 없이, 모인 사람들에게 기세 좋게 말했다.

"여러분, 지난번에 저는 바닷물을 전부 마셔 보이겠다는 내기를 분명히 걸었습니다. 하지만 바다에 흘러 들어오는 강물까지 마시겠다고는 말하지 않았습니다. 따라서 저의 말을 비웃고 흥보신 여러분, 저는 여러분이 바다에 흘러 들어오고 있는 강물 줄기를 뒷걸음질 치게만 해주신다면 제가 말한 약속을 기꺼이 지키겠습니다."

이 말을 듣자 내기를 걸었던 제자들은 그만 할 말이 아무것도 없게 되었다.

"과연 선생님께서는 보통 사람과 다르십니다. 저희들이 졌습니다."

이솝이 가르쳐준 지혜인 줄 모르는 구경꾼들은 조금도 창피를 당하지 않고 내기에 이긴 크산투스의 슬기로움에 크게 감탄했다.

이렇게 크산투스는 이솝의 지혜 덕분으로 사람들에게 박수까지 받으며 무사히 집으로 돌아올 수 있었다.

이솝은 그 상으로 크산투스에게 자기를 풀어주어 자유의 몸이 되게 해달라고 청했다. 하지만 크산투스는 이솝을 자유롭게 해줄 마음이 전혀 없었다. 그래서 이리저리 핑계를 대며 이렇게 말했다.

"아직 너를 자유롭게 해줄 때가 아니다. 하지만 신의 명령이라면 기꺼이 그렇게 하겠다. 그러니 한번 그것을 시험해보자. 잘 들어라. 지금부터 네가 밖으로 나갔을 때 제일 첫 번째로 본 것을 조심해서 살피도록 해라. 옳지, 그게 좋겠다. 이를테면 두 마리의 새가 한꺼번에 너의 눈에 띄면 너에게 자유를 주겠다. 하지만 한 마리의 새밖에 보지 못했을 때는 나쁜 징조로 생각해서 너는 노예로서 우리 집에 계속 있지 않으면 안 된다."

이솝은 곧 밖으로 나가보았다. 그랬더니 어쩌나 운이 좋았던지, 밖에 나가자마자 제일 높은 나뭇가지에 내려앉으려는 두 마리의 새가 이솝의 눈에 띄는 것이 아닌가.

"나리님! 나리님! 좋은 징조가 나타났습니다."

이솝은 너무 기뻐서 집 안으로 뛰어들어가 주인에게 그것이 거짓말이 아님을 직접 봐달라고 부탁했다. 그러자 크산투스는 깜짝 놀라며

"정말이냐?" 하면서 집에서 나오는데, 그 사이에 새 한 마리가 어디론가 날아가 버리고 말았다.

"나를 속이려고 했구나. 이런 못된 놈!"

크산투스는 몹시 화를 내며 이솝에게 매질을 하라고 하인에게 시켰다.

하인은 주인이 시킨 대로 채찍을 들어 철썩철썩 이솝의 등을 때렸다. 그때 크산투스한테 사람이 와서는 이렇게 전했다.

"저희 주인께서 약주를 잡수시러 댁으로 오시라고 하십니다."

그러자 이솝은 이렇게 한탄했다.

"아아, 징조라는 것은 조금도 믿을 것이 못 되는구나. '두 마리의 새'라는 좋은 징조를 본 나는 이렇게 매를 맞는데, 한 마리의 새밖에 보지 못한 주인은 즐거운 술잔치에 초대되니 말이야."

"제법 뜻이 깊은 말인데……."

크산투스는 이솝이 한 말이 마음에 들었으므로 매질을 그만두라고 했다. 그러나 이솝에게 자유를 주는 일만은 허락하지 않았다.

사람들은 지혜롭고 슬기로운 이솝을 노예로 데리고 있는 크산투스를 무척 부럽게 생각했다. 크산투스 역시 이솝과 같은 노예를 데리고 있다는 사실을 자랑스럽게 여기고 있었다. 그렇기 때문에 크산투스는 좀처럼 이솝의 소원을 들어주려고 하지 않았던 것이다.

어느 날 크산투스와 이솝이 기념비가 늘어서 있는 길을 산책하면서 비석에 새겨진 여러 가지 글을 읽으며 즐기고 있었다. 그러다가 크산투스는 어떤 비석 앞에 서더니 이솝을 돌아보며 말했다.

"이 글은 너무 어려워서 나는 도저히 읽을 수가 없구나."

이솝은 그 비석에 새겨진 글을 읽고 나서 크산투스에게 말했다.

"여기에 씌어 있는 글에는 보물이 있는 곳을 가르쳐주고 있는데 그것을 알려드리면 저에게 무엇을 해주시겠습니까?"

그러자 크산투스는 이렇게 약속했다.

"만약 그렇게 한다면 너를 자유로운 몸으로 풀어줄 뿐만 아니라 보물의 반을 덧붙여주마."

그 말을 들은 이솝은 거침없이 말했다.

"이 비석에서 네 걸음 떨어진 곳에 보물이 묻혀 있다고 쓰여 있습니다."

그래서 비석에서 네 걸음 떨어진 곳을 파보았더니, 정말로 보물이 묻혀 있었다. 그래서 이솝은 크산투스에게 어서 약속을 지키라고 재촉했다. 그러나 이번에도 크산투스는 승낙을 하지 않고 이렇게 말하는 것이었다.

"아니야, 아직은 그렇게 할 수가 없다. 이 글의 내용을 완전히 알려주지 않으면 안 된다. 나에게 있어서는 이 글의 내용을 아는 것이 지금 발견한 보물보다도 훨씬 중요한 것이니까 말이야."

그래서 이솝은 크산투스에게 이렇게 설명했다.

"여기에 새겨진 글씨는 여러 단어의 머리글자만 따온 것입니다. 다시 말해 '네가 네 걸음 물러나 땅을 파면 하나의 보물을 찾아낼 수 있으리라'는 뜻입니다."

이 말을 들은 크산투스는 또 이렇게 말했다.

"네가 그렇게 머리가 좋기 때문에 나는 더더구나 너를 놓아줄 수 없다. 그러니 이제부터는 자유의 몸이 되겠다는 생각은 아예 하지도 말아라."

그러자 이솝도 이번만은 잠자코 있지 않고, 이렇게 대꾸했다.

"그렇다면 저는 주인님을 보물을 훔치려 했던 죄로 데니스 왕에게 고발하겠습니다. 왜냐하면 이 보물은 데니스 왕의 것이며, 여기에 새겨져 있는 이 글자 또한 데니스 왕의 것임을 나타내는 또 다른 뜻도 되니까요."

이솝의 말을 들은 크산투스는 더럭 겁이 났다. 그래서 돈을 줄 테니 아무에게도 이 일은 말하지 말라고 이솝에게 다짐했다.

크산투스는 집에 돌아가자, 이 소문이 사람들에게 퍼질까 겁을 내어, 이솝을 방에 가두고 두 발을 쇠사슬로 묶도록 시켰다.

"아, 학자란 이런 식으로 약속을 지키는 것일까!"

이솝은 너무나도 분해서 외쳤다.

"아무튼 좋다. 마음대로 해보라고 하지. 하지만 두고 보자. 머지않아 나를 자유의 몸으로 하지 않고는 못 배길 테니!"

이솝의 말은 정말 그대로 들어맞았다.

얼마 뒤에 너무도 괴상한 사건이 일어나 사모스 사람들을 놀라게 했던 것이다.

그것은 큰 독수리 한 마리가 하늘에서 느닷없이 날아 내려오더니 벼슬아치들이 쓰는 나라의 중요한 도장을 물고 날아가, 그것을 한 노예의 가슴 위에 떨어뜨리는 것이었다.

"이 사건은 무엇을 뜻하는 것일까요?"

사모스 사람들은 학자이며 높은 지위에 있던 크산투스에게 이 이상한 일의 까닭을 물어보았다. 크산투스로서도 무슨 뜻인지 도무지 알 도리가 없었다. 그래서 "조금만 대답할 시간을 주십시오." 하고 우물쭈물 핑계를 대고는 서둘러 집으로 돌아왔다. 이솝의 지혜를 빌리려고 했던 것이다. 하지만 이솝은 주인의 부탁을 순순히 들어주려고 하지 않았다.

"제가 그 대답을 할 테니 저를 많은 사람들 앞에 내보내주십시오." 하고 이솝은 말했다.

주인은 언제나 자기의 지혜를 이용해서 사람들에게 칭찬을 받는 데 비해, 노예인 자기는 일생 동안 불행한 신세로 지내는 것을 더는 참을 수가 없다고 생각했기 때문이었다.

크산투스는 자기로서는 도저히 대답할 수 없었으므로, 할 수 없이 이솝의 요청대로 사람들이 모여 있는 곳으로 데리고 갔다.

이솝은 연설을 하는 높은 단 위에 올라섰다.

이솝의 모습을 보자, 사람들은 곧 "와아!" 하고 큰 소리로 웃어댔다. 사람이 되다가 만 것 같은 괴상한 얼굴을 가진 노예의 입에서 고개를 끄덕일 만한 올바른 말이 나오리라고는 아무도 믿지 못했기 때문이었다.

웃음을 참지 못하는 사람들에게 이솝은 이렇게 말했다.

"모든 것은 바깥 생김새만으로는 판단할 수가 없습니다. 안에 들어있는 것이 좋은가, 나쁜가를 알아야만 합니다."

이 말을 들은 사모스 사람들은 웃음을 거두고, "그럼, 이번에 있었던 이상한 사건에 대해 어떻게 생각하는지 듣기로 하자. 생각나는 대로 말을 해봐라!" 하고 여기저기에서 외쳤다.

"저도 생각나는 대로 거침없이 말하고 싶지만 그렇게 할 수가 없습니다. 노예라는 슬픈 운명을 타고난 저는 만약 잘못된 말을 하면 주인님에게 매질을 당합니다. 또한 주인보다 훌륭한 말을 해도 역시 주인에게 매를 맞습니다."

이 말을 듣자 사람들은 크산투스에게 이솝을 당장 노예의 몸에서 풀어주라고 말했다. 하지만 크산투스는 누가 뭐라고 해도 허락하지 않으려 했다. 마침내 시장까지 나서서 "이솝을 자유의 몸이 되도록 풀어주라."고 명령을 내렸으므로, 크산투스로서도 이솝을 해방시켜주지 않고는 달리 도리가 없었다.

이리하여 이솝은 마침내 자유의 몸이 되었다. 그리고 이솝은 사모스 나라 사람들이 걱정하고 있는 이상한 사건에 대해 자세히 설명하기 시작했다.

"이것은 머잖아 사모스 사람들이 자유를 빼앗기고 적에게 침략 받게 될지도 모른다는 징조입니다. 나라의 도장을 빼앗아 간 큰 독수리는 사모스를 공격하려는 힘센 나라의 왕을 나타내는 것입니다."

현실은 이솝이 말한 그대로 들어맞았다.

그 뒤 얼마 있지 않아 리디아라는 나라의 왕인 크로이소스가 사모스에 사신을 보내어 "값진 물건을 모두 우리나라에 바치도록 해라. 만약 따르지 않는다면 너희 나라로 쳐들어가겠다."라고 엄포를 놓았던 것이다.

사모스 사람들은 두려움에 벌벌 떨며 크로이소스 왕의 명령을 따르자고 했다. 하지만 이솝은 적극 말렸다.

"안 됩니다. 아무리 괴로운 일이 있더라도 결코 적의 노예가 되어서는 안 됩니다! 무슨 일이 있어도 끝까지 자유를 지켜야 합니다."

이솝은 그렇게 일깨워주고, 혼자서 크로이소스 왕을 찾아갔다. 그리고 왕의 발아래 꿇어 엎드려 지혜로운 말투로 공손하게 말했다.

"저희들은 지금까지 임금님을 해롭게 한 일이 한 번도 없었습니다. 부디 약한 자를 보호하고 괴롭히지 말아주옵소서."

크로이소스 왕은 이솝의 이야기를 듣고 마음이 움직여 사모스 나라를 공격하겠다는 마음을 거두었다.

이솝은 얼마간 리디아에 머무르면서 『이솝 이야기』를 썼다. 그리고
그것을 크로이소스 왕에게 바치고 다시 사모스로 돌아왔다.

사모스 사람들은 자기들을 구한 이솝을 맞이해 그 나라에서 제일가
는 명예를 이솝에게 주었다.

지혜 겨루기

이솝은 온 세계를 두루 돌아다니며 여러 가지 일에 대해서 학자들과 이야기를 나누고 싶었다. 그래서 사모스 사람들에게 작별을 고하고 먼 길을 떠났다. 여기저기 돌아다니면서 이솝은 바빌로니아의 리셀스 왕과도 친해졌으며, 그의 의논 상대가 되어 왕을 가까이 모시는 신하가 되었다.

그 무렵 그 근처에 있는 나라들의 임금들 사이에는 서로 어려운 문제를 푸는 내기를 해서 이긴 쪽이 진 쪽의 나라로부터 많은 선물이나 벌금을 받는 풍습이 있었다.

이솝의 지혜를 얻게 된 리셀스 왕은 문제를 푸는 일에 있어서나 문제를 내는 일에 있어서 언제나 다른 나라 임금님들과 비교할 수 없을 만큼 뛰어났으므로 왕의 이름이 사방에 널리 알려지게 되었다. 이집트 왕 네크테나보오는 그것이 못내 분하기만 했다. 그래서 어떤 수를 써서라도 리셀스 왕의 콧대를 꺾어놓으려고 한번은 매우 어려운 문제를 내놓았다.

"공중에 탑을 세울 수 있는 건축가와 어떤 질문에도 대답할 수 있는 사람을 보내주시오."

이것이 바로 그 문제였다.

리셀스 왕과 신하들은 아무리 이솝이 슬기롭다 하더라도 그런 일은 할 수가 없을 것이라고 생각했다. 그런데 이 문제를 들은 이솝은 별로 대수롭지 않다는 듯이 흔쾌히 대답했다.

"알겠습니다. 내년 봄에 분부대로 사람을 보내드리겠습니다."

그러고 나서 이솝은 여러 마리의 새끼 독수리들을 골라 사내아이를 하나씩 태운 광주리를 새끼 독수리가 하나씩 하늘로 들어 올릴 수 있도록 계속 훈련을 시켰다. 그리하여 약속했던 봄이 찾아오자, 이 새끼 독수리들과 사내아이들을 데리고 이집트로 떠났다.

이솝은 네크테나보오 왕에게 이렇게 말했다.

"어떤 질문에도 대답할 수 있는 사람이란 바로 저를 두고 하는 말입니다. 그리고 건축가들이 탑을 세울 장소만 알려주신다면 곧 가도록 하겠습니다."

네크테나보오 왕은 이솝을 들판 한가운데로 데리고 나갔다. 그러자 이솝은 독수리들에게 외쳤다.

"날아라!"

그러자 독수리들은 커다란 날개를 힘차게 파닥거리면서 아이들이 타고 있는 광주리를 하나씩 물고 하늘 높이 날아 올라갔다. 그러자 사내아이들은 공중에서 일제히 입을 모아 외쳤다.

"빨리 탑을 쌓도록 돌이나 흙이나 재목을 올려 보내 주세요!"

이솝도 네크테나보오 왕에게 말했다.

"보시다시피 저는 탑을 쌓는 인부를 데리고 왔습니다. 그러니 부디 건축 재료를 넉넉히 대주십시오.”

“으음, 또 내가 졌구나!”

네크테나보오 왕은 이 문제에서 자기가 패배했음을 순순히 인정
했다.

“하지만 또 한 가지 어려운 문제가 남아 있으니까…… . 이번에야말
로 지지 않을 테다!”

네크테나보오 왕은 일부러 먼 곳에서 수수께끼의 명인이라고 일컬
어지는 학자들을 네댓 사람 불러오도록 시킨 뒤 여러 가지 어려운 문
제를 만들어내도록 했다.

“이솝이 아무리 슬기롭다 해도 이 문제만은 절대로 풀지 못할 거야.
암, 그렇고말고.”

머리를 짜내어 만든 어려운 문제를 왕에게 보이자, 네크테나보오 왕
은 흐뭇한 듯이 미소를 지었다. 그러고는 곧 이솝을 불러오도록 했다.

문제를 만든 이집트 학자들은 어쩔 줄 몰라 당황하는 이솝의 얼굴
을 빨리 보고 싶다는 듯이 문제를 내기 시작했다.

“12개의 도시에 둘러싸인 커다란 궁전과 하나의 기둥이 있소. 그
12개의 각각의 도시에 30개씩 벽이 있고, 그 벽의 둘레를 두 사람의
여자가 번갈아가며 산책을 하는데 한 사람은 흰 옷을 입었고, 또 한 사
람은 검은 옷을 입었소. 자, 이것이 어떤 것을 나타내는지 한번 풀어보
시오!”

그러자 이솝은 빙그레 미소를 띠며, "난 또 무엇이라고, 겨우 이런 문제입니까? 그런 수수께끼라면 우리나라에서는 어린애라도 쉽게 풀 수 있습니다."라고 말했다.

"첫째, 커다란 궁전이란 우리가 살고 있는 이 세계를 말하는 것이겠죠. 하나의 기둥이란 1년을 말하는 것이고, 그 둘레의 12개 도시란 1월, 2월…… 하는 열두 달을 말하는 것입니다. 그리고 30개의 벽은 한 달이 30일이 되는 것을 말합니다. 벽의 주위를 돌고 있는 여자 중에 흰 쪽은 밝은 낮이고 검은 쪽은 어두운 밤을 뜻합니다."

"으음, 적이긴 하지만 정말 못 당하겠구나!"

학자들은 자기도 모르게 크게 탄성을 질렀다. 그리하여 이솝의 지혜에는 아무도 당할 재간이 없다고 깨달은 네크테나보오 왕은 리셀스 왕과 이솝에게 많은 선물을 주어 돌려보냈다.

애처로운 죽음

바빌로니아에 돌아온 이솝에게 리셀스 왕은 큰 환영 잔치를 베풀어주었다. 그러고는 더욱더 이솝을 신임하게 되었다. 게다가 왕은 이솝의 동상까지 세우도록 명령을 내렸다. 하지만 이솝은 좀 더 널리 세상을 돌아다니며 지식을 쌓고 싶었기 때문에 자기에게 주어진 수많은 명예도 사양했다. 그리고 다시 한 번 그리스에 있는 여러 나라들을 돌아보기 위해 친하게 지내던 왕과도 헤어지고 불편함이 없이 지내던 궁전에서의 생활과도 작별했다.

리셀스 왕은 이솝과의 이별이 아쉬워서 눈물까지 글썽거리며 이솝의 손을 꼭 쥐었다. 그리고 반드시 돌아와 함께 살 것을 신에게 맹세토록 한 뒤 떠나보냈다.

이곳저곳을 돌아다니던 이솝은 델피라는 고장에 이르게 되었다. 이솝은 가는 곳마다 사람들을 모아 교훈이 될 만한 이야기를 들려주었다. 그래서 어디를 가나, "이솝이 동물을 비유로 들려주는 이야기는 참 재미있고 알기 쉬워. 그리고 또 우리가 배워야 할 가르침들이 얼마나 많은지 몰라. 이솝은 참으로 슬기롭고 훌륭한 사람이야." 하는 칭찬과 존경을 받았다.

그런데 델피 사람들은 이솝의 이야기를 기꺼이 듣기는 했지만 조금도 이솝을 존경하려 들지 않았다. 그뿐만 아니라 오히려 다른 나라에서 찾아온 떠돌이라면서 업신여기기까지 했다.

'참으로 예의를 모르는 사람들이군.' 하고 불쾌하게 생각한 이솝은, "멀리서 보면 아주 값어치가 있는 것처럼 보이더라도 가까이 가서 보면 아무 쓸모없는 한낱 막대기에 지나지 않는 일이 흔히 있는데 이곳 사람들이야말로 바로 그 막대기나 다름없는 사람들이군." 하고 델피 사람들을 비유해 말했다. 그러자 막대기로 비유된 델피 사람들은 더욱 이솝을 미워하게 되었다.

"이솝을 그냥 내버려둘 수 없다! 한번 크게 혼을 내주자."

사람들은 그렇게 의견을 모았다. 뿐만 아니라 자기들이 한 일에 대해 이솝이 나쁘게 소문을 퍼뜨릴까 봐 겁이 나서 마침내 이솝을 없애 버리기로 했다.

델피 사람들은 이솝의 짐 속에 신에게 바쳐야 하는 중요한 물건을 몰래 숨겨두었다. 그러고는 이솝에게 도둑 누명을 씌우고 사형에 처하기로 일을 꾸몄다.

아무것도 모르는 이솝은 델피를 떠나 포시드라는 읍을 향해 걷고 있었다. 그때 델피 사람들이 뭐라고 소리치면서 뒤쫓아 왔다.

이윽고 이솝을 따라잡더니, "예끼, 이 도둑놈! 입으로는 그럴 듯한 말만 하면서 신에게 바치는 병을 훔치다니!"라고 말하는 것이 아닌가. 깜짝 놀란 이솝이 말했다.

"무슨 말을 그렇게 하는 거요? 내가 언제 그런 짓을 했단 말이오!"

사람들은 이솝을 꿇어앉히고는 함부로 짐을 뒤져서 신에게 바쳐야 하는 물건을 찾아냈다. 그리고 이솝이 아무리 변명을 해도 들어주지 않고 다시 이솝을 델피로 끌고 가 쇠사슬로 꽁꽁 묶어 감옥에 집어넣었다. 그리고 곧 벼랑에서 떨어뜨려 죽이겠다고 했다.

"무슨 수를 써서라도 이 억울한 누명을 벗어야 한다."

이솝은 자기의 온갖 지혜를 짜내어 그들에게 이야기 하나를 열심히 들려주었다.

"어느 날 개구리 한 마리가 자기 집으로 쥐를 초대한 일이 있었소. 개구리는 쥐를 연못 속에 있는 자기 집으로 데려갈 때, 자기 발과 쥐의 발을 한데 꽁꽁 묶었소. 그렇게 하고 물속에 들어가면 쥐가 빠져죽게 되므로, 그때 자기의 밥으로 삼으려고 했던 것이오. 이것을 알고 있는 쥐는 물속에 끌려들어 가지 않으려고 죽을힘을 다해 바동거렸지요. 그때 독수리 한 마리가 그것을 발견하고는 잽싸게 날아와 서로 발이 묶여 있는 개구리와 쥐를 휙 낚아채어 모두 잡아먹었소. 어리석은 델피 시민 여러분, 내가 지금 했던 이야기처럼 당신들은 엉뚱한 죄로 나를 몰아 의기양양해하고 있지만 우리보다 좀 더 강한 것이 내 원수를 틀림없이 갚아줄 것이오. 나는 당신들 손에 죽겠지만 당신들도 역시 죽게 될 것이오."

드디어 이솝은 사형장으로 끌려가게 되었다. 수많은 사람들에게 둘러싸여 걷던 이솝은 틈을 타서 쏜살같이 피해 달아나 아폴로 신을 모시고 있는 작은 신전으로 뛰어들었다. 하지만 곧 난폭한 델피 시민들에게 다시 붙잡혀 끌려나오고 말았다.

"당신들은 신을 모신 이 신성한 장소까지 더럽히는군. 조그마한 신전이라고 얕보는 것이겠지만 이미 비뚤어진 마음을 가진 당신들은 아무리 큰 신전이라도 안전한 장소를 발견할 수 없게 될 것이오."

여기서도 또 마지막 희망을 걸고 이솝은 델피 시민들이 갖고 있는 어두운 마음을 빨리 깨우쳐주려고 했으나 그들은 조금도 뉘우치지 않았다. 그리고 마침내 이솝은 높은 벼랑에서 등이 떠밀려 떨어지고 말았다.

그리하여 이솝은 결국 숨을 거두었다. 그런데 그로부터 얼마 뒤 델피에 무서운 돌림병이 유행했다. 차례차례 한 사람씩 죽어갔으며, 마치 온 마을 사람들을 모두 죽이기라도 할 듯한 맹렬한 기세로 병은 널리 퍼져나갔다.

"신께서 노하신 게 틀림없어."

사람들은 모두 두려움에 사로잡혀 신의 노여움을 가라앉히기 위해 어떻게 해야 좋을지 신의 뜻을 물었다. 그랬더니, "너희들은 죄 없는 이솝을 죽인 크나큰 죄를 빌고 이솝의 혼을 위로해주어야 한다."는 신의 응답을 듣게 되었다. 델피 시민들은 곧 이솝을 위해 피라미드를 쌓기 시작했으며 진심으로 자신들의 잘못을 빌었다.

델피 사람들이 이솝에게 지은 죄에 분개한 것은 단지 신만이 아니었다. 그리스에서는 담당 관리를 델피에 보내어 사람들의 죄를 조사하도록 했다. 그런 다음 그들에게 슬기롭고 지혜 많은 사람을 죽게 한 죗값을 무거운 벌로 받게 했다.